NÓS

Edimilson
de Almeida
Pereira

FRONT

A Cláudio Luiz da Silva, livreiro.

"O sol nunca se cansa de nascer, mas o
homem pode se cansar de estar sob o sol."

SIMONE SCHWARZ-BART

1

Para um homem-árvore, que olha o mundo desde as direções impensadas, insistem em apresentar a história dessa maneira: apaga-se a chama: tudo está resolvido sob os carimbos e as declarações oficiais. Com algum artifício, autoridades traçam fronteiras, assinalam entre um país e outro o lugar por onde vagamos. Nossas mães se trancam em casa, nossos pais se agarram à janela de um ônibus, nossos irmãos erram nos semáforos presos à alma por um fio. Neste capítulo da história não é preciso levantar a cortina, o sol não se interessa pela curva da montanha. Este capítulo de páginas coladas não absorve a chuva, lá fora, o rito, lá fora, o ritmo, lá fora. Não sai de si, esta história – não dançam seus autores, ocupados em pintar com insônia o paraíso.

O que não pereceu pela mão oficial espera. O mar acossado pelos corpos que devorou espera. Os caramujos tateando o muro, as crianças desoladas com a perda do seu brinquedo esperam. Um sem número de miçangas e os nomes por trás delas também esperam. Um fósforo espera. Quem é fustigado pensa noutra cidade onde as estátuas de sal acusam o azul do céu.

Aqui fora, os corpos atirados dos helicópteros enfurecem as águas. Essa imagem fluida e noturna nos habita, alheia à nossa vontade: é sempre escuro e sob o rugido das hélices um corpo se precipita. Oscila, pressionado pelo vento e mergulha, misturando-se a um esquecimento que jamais nos conforta. Os mortos deste país são mal-humorados. E têm razão. A terra não é leve para eles, nem nas palavras. Aqueles que voaram para o mar anteviram o fim. Mas não foi por ele que se tornaram terríveis. Foi por verem o desprezo no rosto dos vivos. Os que riam felizes pelas medalhas a receber. É por esses que os mortos vivem de raiva. Sabem que depois do crime os homens da superfície seguem suas tarefas, respirando a plenos pulmões.

Há uma névoa em torno dessa história, mas é possível sentir os fantasmas vibrando através dela. Ouve-se o que houve. As vozes que ameaçam e as vozes ameaçadas se chocam entre paredes, renegam-se, calam-se. Talvez estejam todas mortas. Talvez sejam nossos ouvidos a inventar conversas.

Não é fácil compreender a gincana dos acontecimentos. Aparentemente tudo se repete. Mas há um rumor a mais em cada palavra. Um riso sádico crepitando. Para quem vê as cenas, desde o corredor escuro, qualquer lampejo é um relâmpago. Não apreciamos nem farsa, nem tragédia – filhos da guerra, preferimos nos deitar à sombra de uma árvore. Depois de um dia ardente. De um sol impiedoso e fraterno. Pensamos em explodir a caixa de som para emudecer a festa de quem atravessa a linha de chegada. Tudo se repete, é um mantra que se cola nos muros da cidade. Tudo é imprevisível, um grito surdo se volta contra a sabotagem. A gincana nos apanha pela mão e nos arrasta. O avanço da manhã é e não é o cansaço da noite. Um homem-árvore se interessa por esse redemoinho. Onde ninguém vê saída, ele vê e isso já é muito. Quando menos se espera, ele pensa, a história dos raptos é revirada. Aqueles que caíram como frutos sentiram a náusea antes do baque. Afundaram nas águas. E o mar, ao que parece, sobe e desce decidido a vomitar.

Um féretro atravessa o meu pensamento, lento como vagões enferrujados. Atravessa o país de norte a sul. Atormenta o bairro. O seu silêncio é como um decalque, impossível apagá-lo da consciência. Não há sentido em determos esse trem fantasma na casa sombreada e calma, onde nos sentimos salvos. A casa precisa ser destruída e os vizinhos acordados. O pensamento sobre o féretro mostra um país saqueado. Nem há mais o redemoinho entrando e saindo das garrafas. Nem a faca, que erra o alvo para delírio da sorte. O féretro passa, derrapa e passa assustando-nos com as primícias de um outro mundo.

A história na cabeça de um homem-árvore é outro baile. Para ele tudo o que acontece é como se alguém esbarrasse na cristaleira da sala. Um toque nos vidros coloridos abala os alicerces. Cristaleiras são como sismógrafos, pressentem o grão que se desloca sob os sapatos. Por estarem sempre acionados, as mães correm para não perderem o ônibus, os pais correm para dobrar a hora extra no trabalho – os irmãos, percebendo uma onda subindo no mar – correm, correm da infância. Há um deslizamento de ideias em câmera lenta. A respiração acelera para deter um projétil letal. O vidro da cristaleira estremece quando alguém, dentro e fora da sombra, acena para o futuro.

Aqui a história se quebra como os copos e as bandejas. Tudo se esfacela impiedosamente. No piso de cimento, o sol esbate nos estilhaços. Nada está resolvido sob esta outra combinação de nuances. O que é rubro é fúria, o que é fúria é brando. Aliás, fúria poderia ter sido meu nome de batismo. Por esta história em pedaços, o que se vê são os ecos de formas nas paredes e os contornos de sons entre os móveis. Esta casa suspensa funciona como uma orquestra e emite sinais de desconforto: onde estão os pais? os irmãos? onde o núcleo dos meus sentidos? Tudo muda. Nada é claro.

O que nos espera no fim do túnel?

A julgar pelas estatísticas, nada.

Quer dizer, algo nos espreita, sim: um aparato bruto. Compacto demais para ver os filetes de água escorrendo na encosta do bairro onde moro. Bruto demais para imaginar que, entre as pedras, numa laje lunar, alguém cultiva uma biblioteca. E lê, desde as primeiras letras, lê, para contrariar as estatísticas. O aparato que bloqueia o túnel não lê o mundo. Mas o mundo continua grande e pequeno, com nervuras, entradas e saídas, com pessoas indo e voltando através das línguas. Pessoas que se entendem-desentendem e sobem até aqui, para verem do alto uma paisagem abissal.

Ainda sou um homem-árvore disposto a dançar sob o globo reluzente – numa esquina qualquer e sonora. Não sou a porcentagem da estatística. Não é para as estátuas que escrevo alguma coisa no ar. Elas estão bloqueadas como escunas na areia. Não sabem ler nas paredes o desenho riscado à luz da noite. Este é um tipo de história que os olhos apagados não conseguem vislumbrar. Talvez, um dia, quem sabe, depois de ouvirem o lado B da cidade em alta rotação.

Quando se está em paz não é difícil dizer: “a vida é isso ou aquilo”. A paz de cada um é um escaler na praia, resolve-se em si mesma. Mas, quando se vive num campo minado, todos têm opiniões, se enfurecem. O barco aderna, a praia submerge. Ninguém quer ser o próximo a virar cinzas. É preciso fazer algo antes de explodir para dentro ou para fora. Essa é uma condição feroz. Vejo que ela se avoluma. Os destroços, como um navio fantasma, entram pela terra arrastando as barracas onde trabalham meus vizinhos, os prédios e os carros. Essa onda vem como se quisesse vingar anos de exílio e perda: meus? teus? de quem?

Não é interessante ter o mar como inimigo. Olhar para ele desde o bairro alto mostra como estão desarrumadas as imagens dos cartões-postais: a vegetação e o vento, fixados em cores, não dizem, nem de longe, da conspiração em curso sob as pedras que suturam a encosta.

Essa separação entre lá e aqui, entre eles e nós fez do menino em mim um adulto antecipado. Há algo doloroso nessa maturidade, o primeiro ardeu de alegria, apesar do medo, o segundo se esforça, cada minuto do dia, para não atear fogo ao mundo. Só de pensar isso, uma orquestra de sirenes e um enxame de vigilantes rondam a minha cabeça. Mas não é isso o que nos move: arder para não morrer?

Visto do alto, o mar abre sua cartilha de riscos; os enclaves da encosta, vistos de dentro, nos obrigam à ciência do alpinismo. Tenho comigo uma inclinação para deslizar entre os perigos, não sem compreender quem os fabrica e por que parecem maiores aqui do que lá.

Para chegar a homem-árvore há que se quebrar o disco. Nascer duas vezes. Morrer na primeira para ver o ridículo do *script*. Na segunda, bem, não ser o que se espera do paraíso. Ditar a velocidade da roda e a cor do globo terrestre: calça larga para flutuar no eclipse, camisa em pluma, cabelo pensante. Sim: há outras histórias, entende? Outra língua: que excede de tanta sede.

2

Quando nasci, nenhum anjo virou o rosto para o passado. As ruínas espalhadas por toda parte o obrigaram a se agarrar ao meu berço. Estávamos órfãos, mesmo que dali em diante tivéssemos outras companhias. Alguns de nós nascemos para a orfandade. Demoramos a compreender que isto é uma defesa, tantas são as perdas no decorrer da vida. Antecipamos a dor, tiramos de quem nos agride a oportunidade de se sentir vitorioso. Fomos gerados na orla escura do sol. Trazemos sua matéria ao centro da cidade e ardemos para desespero de quem se orgulha em mostrar, sem ter, as mãos limpas.

A poucos metros da minha casa, um amontoado de móveis e equipamentos eletrônicos lembrava o sítio de uma civilização perdida. Durante anos, eu e os amigos escavamos esse monturo. Nada mais indigno do que viver ao redor de um lugar que se transformou no depósito de lixo da cidade. Imagine-se as razões para isso. Pode-se fazer as contas, começando pelo sinal de menos.

Eu não pensava nisso aos dez anos, embora na palma das mãos me ardesse alguma dúvida. Pelas advertências da professora nas aulas de ciências, eu sabia que poderia adoecer das aventuras no monturo. Na televisão, mostraram um lugar onde os restos de eletrônicos se acumularam sobre um rio. As pessoas pisavam num terreno movediço. Quando abriam um buraco nos metais, tiravam do fundo uma água oleosa. "Devem ter jogado ali todos os restos do mundo", eu pensava. Enquanto revolvia os detritos do monturo, aquele lugar – a princípio distante – parecia estar aqui, ao lado da minha casa. As pessoas que tremiam na tela tinham gestos parecidos aos de um pai, mãe, tio ou vizinho com quem eu partilhava o mesmo sol. Íamos incertos entre a alucinação dos seres mecânicos. Desmontados, assim como nós, eles viviam sob ameaças de morte.

Eu e meus amigos de aventura sentíamos receio, mas a pouca idade nos convencia de que o monturo não era perigoso. Se as pontas dos dedos suavam, nenhum de nós esticava o assunto. Nem quando respirar parecia um jato de fogo subindo pelos pulmões.

O Silas e o Cola eram parceiros constantes, mais curiosos do que corajosos. Quando crescemos, nos perdemos. Naquele tempo, os fios de cobre e as placas sensíveis eram como alfabetos estrangeiros. Encontrar um deles fazia de nós grandes descobridores.

As expedições ao monturo eram planejadas. Não tínhamos equipamentos para escavar, quando muito pedíamos a alguém uma luva emprestada. Nada de autorização para saltar a cerca de arame farpado que separava o bairro dos detritos: saltávamos porque o abismo estava por toda a parte. Dentro de nós, inclusive, e ainda não era possível medir a sua profundidade. Uma ou outra cicatriz feita pelo arame se desenhava em nossa pele. Eram sinais de uma viagem, ardidos sinais.

Às vezes, o Silas e o Cola estranhavam meu receio de voltar ao monturo. Eu disfarçava, até que me vi obrigado a revelar que era por causa de um sonho. Minha mãe dizia que não era coisa séria, eu esqueceria logo. A mãe tinha razão, se enganou apenas na demora que tive para esquecê-lo: eu abria um portão de ferro que dava para um longo corredor. No final dele, ficava a nossa casa. Antes eu passava em frente à casa de D. Nadir, que cuidava de um quintal separado do corredor por outro portão. Ela tinha um cachorro feroz. O tempo e o espaço que antecediam o portão de D. Nadir quase me faziam desistir de sair de casa. Cada volta era uma angústia. Certa noite, empurrei o portão principal e caminhei. Dessa vez, não ouvi o habitual latido feroz. Segui distraído e só caí em mim quando senti as unhas do escuro arranhando minhas costas. Corri, acossado pela dor ou pelo susto, não sei. Muitos anos depois, aquela passada de presas, vindo em silêncio, ainda me fazia acelerar o passo.

Mas, nos dias da rebelião – quando se tem dez anos – tudo o que feria à noite, se dissipava nas ruas.

Ou quase.

Nunca quis um nome próprio para me servir de âncora. Sou um sem nome para muitos nomes: fixei os das pessoas da família e os dos amigos. Os nomes inimigos também. Amigos podem se tornar inimigos. Estão um dentro do outro, infiltrados entre nós. Os amigos-inimigos desfilam tantos nomes que é impossível decifrá-los. Temos socado o vento sem jamais atingi-los, afiado a faca sem saber onde aplicar o golpe. O monstro amigo ri de nós e se multiplica em verbos santificados.

Não tenho um nome. Ou talvez tenha, mas ele está oculto sob a vida de outra pessoa. Aquilo que registramos nos cartórios é uma fraude. Não somos nós, é uma coleção de palavras que se fixam, enquanto nós mudamos. Compreender isto põe sob suspeita tudo o que amamos: a família, os amigos, os amigos-inimigos que, filiados ao monstro da hora, subornam os cartórios. O monstro, é preciso que entendam, nem sempre se alimenta do que é palpável. Os meus e os seus ossos, por exemplo. O monstro se interessa pela ideia de um osso e o que se pode fazer a partir dela. Isto é reserva de inteligência, não diz o monstro, mas nós sabemos que é.

Decidi desintegrar as letras que pintam o meu retrato. Essa coleção de materiais sonoros nos deixa confortáveis, devo concordar. Quando alguém canta esses sons, nos sentimentos protegidos. Não estamos sozinhos, alguém nos chama e espera por nós. Um nome é um cobertor e, com o passar do tempo, não conseguimos mais viver ao relento. Mas, para mim, isso é ainda é uma fraude. Uma chantagem para evitar que apreciemos a solidão.

Entre o apreço de ter um nome e o risco de ser capturado pelo monstro – que arma sua teia nas vielas – preferi a condição de ser afiado em lisa lâmina. Escolhi cortar. De alto a baixo vejo o meu corpo: veem o meu corpo: o atrito que essa situação provoca rompe os contornos do mundo. O passado, o presente e o futuro estão abertos – posso atravessá-los porque não me limitei a pensar o pensado. Não deixei rastros para ser capturado. Cortei em mim o que amava e o que me faria sofrer.

Estou entre os meus e não me reconhecem. Vou entre os estranhos e também não me reconhecem. Fui me fazendo esta árvore do homem, tão enraizada quanto dispersa. De raízes aéreas, como ouvi de alguém, certa vez.

Se existe uma corda para esticar, é esta: não me acostumar a, não aceitar o, não me arrepender de. Não temos que carregar a ira dos outros, grito para mim mesmo. Temos nossa fúria. E ela é branda. Forjada no *front*. Elegante. Não é pedra jogada em qualquer vidraça. Entende? É fúria – metal subindo por um cano estreito, pressionando mais o que está fora do que o que está dentro: é incandescente, de pernas estiradas no mundo, não é aquela fotografia triste de corpos tristes sentados num banco hirto num piso quadriculado de desânimo. Isso é o olhar de quem não nos vê. Fúria é essa seda entre os argumentos; se for puxada, vai, mas deixa neles um calor imperceptível, prévias de incêndio.

Eu me recuso a ser a linha que apenas segue o buraco da agulha. Existimos para outra órbita, na direção de outra estrela. *Não* é uma palavra grave. É um verbo fora da gramática, mas decisivo para se dizer sim à vida: não cair, não obedecer: as palavras novas têm esse prefixo que nos permite não morrer: isso significa nascer de novo com o rosto afastado do muro. Há uma janela e uma paisagem à nossa frente: não pedir para chegar até ela é uma alegria, não implorar pelo prato de almoço é uma revolução.

Na infância, um dos meus sonhos era recuperar alguma mensagem entre os materiais do monturo, que estavam protegidos pelos avisos de "perigo" e "não se aproxime". Eu anotava os sonhos num caderno com um mapa-múndi na capa e desobedecia aos avisos, cortando os arames com um alicate imaginário. Uma parte do monturo tinha sido reduzida a um parque de diversões improvisado. Na outra parte, na encosta do morro, se deterioravam grampos, bólidos, ganchos, chapas, o arame rendido à ferrugem e, talvez, alguma secreta mensagem. Se ela fosse encontrada e decifrada, seria o ponto de apoio para a descoberta de uma realidade paralela. Nem melhor nem pior, mas diferente da solidão que, manhã após manhã, nos tornava menores do que o monturo.

Apesar de tudo, ou por causa de tudo, eu gostava de ler. Outras crianças se encantavam pelas letras, mas poucas chegavam a juntar as palavras. Uma fome anterior a tudo reduzia o seu tempo ao tempo da sobrevivência. Eu me esquecia da fome indo através das histórias. Ou, descobri mais tarde, as histórias me davam a consciência de que não nascíamos para a fome. Aprendi, aos poucos, a procurar os responsáveis por ela e a odiá-los com as forças que cabiam no meu pequeno corpo.

Escritos em qualquer língua me interessavam: nas instruções de uso dos aparelhos, quando era possível, entrevi as muitas pessoas que podemos ser. E falar com as outras tantas que respiram em lugares diferentes do bairro. Meus ouvidos se alegravam quando eu imaginava a pronúncia daquelas outras línguas. Eu não estava em mim, estando quieto, por longos períodos, entre os substantivos e verbos de algum país distante.

Eu lia o mundo.

Pensava comigo mesmo que era preciso fazer o que não acreditam que podemos fazer. Tanto quanto colecionar as cápsulas deflagradas, depois da passagem dos agentes pelas vilas do bairro, eu lia. Além das instruções de uso dos aparelhos, era comum encontrar no monturo alguma revista ou livro com as páginas rasgadas. Se as pessoas não gostavam dos livros, podiam pelo menos deixar as páginas inteiras. É mais fácil ler as frases com começo, meio e fim. Mas parecia de propósito, um ódio surdo – antes de serem abandonados, os livros eram mutilados. Ao relento, pareciam corpos tristes. Deitavam de lado como se tivessem sido traídos, dizia o Silas. Como assim? eu perguntava. “Este livro aqui, veja, deve ter sido o amigo de alguém, olha o nome da pessoa na primeira página. A tinta da caneta ainda não se dissolveu.”

O Silas tinha suas dúvidas e suas razões. Foi com a ajuda dele que recuperamos um livro danificado. Colamos as páginas, emendamos as palavras, ajuntamos outros textos aos que haviam sobrado e fizemos uma capa nova. O Cola desenhou um tridente e escreveu nossos nomes em cada uma das pontas. Tínhamos, por nossa conta, escrito um livro de outros livros. Dos textos embaralhados, nasceu uma colmeia de sentidos: um livro impossível, para ser lido sem interrupções. O Silas dizia que ler era escapar dos buracos que as palavras vão cavando à nossa frente. Mas aquele texto, diferente dos outros, funcionava como uma ponte para atravessarmos o abismo. Durante anos guardei comigo aquele livro que não era um livro. Quanto mais ele se distanciava da forma original, mais me interessava. Reli seus textos, mudei a cor do plástico que protegia sua capa. Levei para longe aquele livro, trouxe-o de volta. Emprestei-o, reclamei de sua ausência. Me esqueci do dia em que o Silas, Cola e eu traímos o livro original e nos sentimos livres. Por fim, quanto mais eu me quebrava, mais o livro se mostrava intacto. À força de manter viva a pessoa que o escreveu, me habituei a repetir uma de suas passagens como se fosse um mantra:

> Há muita violência no país, é urgente salvar os inocentes. Há pouca ternura no país, é urgente tecer um abraço. No país, há uma novela que não cessa de nos entristecer: poucos sorriem largo, muitos perderam os dentes. Há no rádio e salas de cinema um menino desarmado em luta contra os helicópteros. À noite, o rangido de uma Blazer rapta o sono materno. O medo espreita com suas antenas presas na laje. "Lá embaixo, nada acontece", diz um repórter. Porém, neste país de extremos (queima-se aqui a floresta, tira-se a escola às crianças, atira-se no semelhante por divertimento) cresce outro – sem fronteiras – em nossa cabeça: que nome tem, que gente o habita? Cresce e nos alimenta por dentro. Este país atravessado de nuvens se faz para desarmar o ódio. Não debruçamos em sua janela, mas o ve-

mos sob o arco-íris. Em sua franja não cabem o tiro, a mão na parede, qualquer ensaio de morte. Há outra linguagem nesse país que ainda não é. Ela não pertence a ninguém e diz o que vive nas ruas. Há circulando pelo bairro quem converse sobre a alegria nessa linguagem. Há, portanto, um país que nos abraça e recusa a violência. Contra os desumanos, ele cresce girando em nossa cabeça.

Nos meus piores momentos, esse texto sem título, de um autor sem rosto e sem nome funcionou como uma pílula irreal. Pensar nesse fragmento, mesmo sem ter o livro por perto, significava atravessar o abismo. E sobreviver. Confesso que me perturbava a falta da autoria. E se fosse uma autora, alguém exilado do seu lugar? Na impossibilidade de uma resposta, passei a cuidar do livro como uma velha carcaça de navio: bastava que eu ligasse a imaginação e ele voltava a cruzar o oceano. Quanto ao fragmento de texto, aceitei que funcionasse como o contramestre desse navio fantasma. Assim, nenhum de nós poderia se perder mais do que já estávamos perdidos.

O Silas e o Cola foram generosos comigo. Abriram mão do livro em troca de uns pinos fosforescentes que eu havia encontrado. É certo que me ajudaram na restauração da capa, porém, a maior parte do que foi reescrito ficou por minha conta. Isso me deu alguma autoridade sobre a obra porque eu, mais do que os outros, havia soprado outra vida no corpo abandonado. Foi com esse livro que me iniciei na arte de contar histórias. Meus amigos preferiram se afastar dele, cientes de que eu faria o mesmo. Não foi o que aconteceu. Nem as aventuras no monturo me agradavam tanto quanto a ideia de sobrepor minha letra aos fragmentos impressos. Fiz e refiz os percursos do escritor original para, no final das contas, manter a salvo o que já estava salvo: o ímã do livro. Tudo o mais naquelas páginas rasuradas era um convite ao devaneio. Ou à realidade onde a minha vida não cabia.

3

De acordo com o oráculo do monturo, nem sempre é preciso decifrar um enigma. Ao ser despida, a esfinge se despedaçou. O andarilho que abriu o lacre não se libertou do segredo, mesmo quando enxergou na escuridão. Nem sempre cortar a cabeça do monstro é matá-lo. Às vezes, o melhor é entender o minuto que antecede o seu nascimento: quando ainda não é, o monstro floresce como alguém circulando no nosso sangue.

No monturo, o oráculo era um transístor azul que acendia e apagava. Nós o retiramos da carcaça de um computador. Desse objeto morto, salvou-se uma consciência que nos ajudava a pensar sobre nosso bairro de fios engastados – usina-ferrugem que nos envelhecia.

Para o oráculo, não havia sabedoria maior nem menor. Mas dizendo isso, nos deixava de boca aberta. E isso era uma violência. A sua sorte é que, do alto da infância, prontos para mergulhar num tempo zero, sabíamos outras coisas fora das palavras. O que estava à nossa volta era parte de uma estrela distante.

Sabíamos – filhos de cegos.

Sobre uma estrela distante.

Isso nos animava a escavar nas pilhas platinadas. Não eram resíduos, mas partes de um cérebro que remontamos aos poucos. Com ele nas mãos, fazíamos perguntas. Por não ser o oráculo, mas um reflexo de nós mesmos, nenhuma resposta do cérebro nos interessava. Tínhamos admiração pela sua vida feita de esquecimentos e, agora, de erros e hesitações. Ser descoberto e reanimado foi uma decepção para ele. Perguntava-se: "Por que se livraram da minha ilha de edição?", esperando de nós uma resposta.

Essa foi nossa maior aventura no monturo: descobrir e perder uma amizade. O cérebro se angustiava diante de nossa recusa em lhe dar explicações. Na verdade, respondíamos às suas perguntas, mas elas não iluminavam os seus sensores. Era nosso divertimento ver nossas palavras trançando um labirinto em sua placa-mãe. Insistimos para que ele se mantivesse ligado, talvez alguém viesse resgatá-lo. Ele, contudo, preferiu autodesligar-se. Afinal, quem o criara também o esquecera. Essa morte, àquela altura da infância, nos tornou órfãos de um cérebro abandonado.

Decadente estrela.
Filhos de cegos – o que sabíamos,
sabemos?

A questão, antes de voltarmos para casa, era como tirar alguma lição do oráculo sem destruí-lo. Bastava a morte do cérebro. Não havia espaço para tanto luto em nossa alegria.

Assim que o cérebro se apagou, corremos monturo abaixo. Não era de se estranhar que algum animal metálico nos arranhasse os braços. Os cabelos se prendiam a ganchos que pareciam recém-saídos do túmulo. Descíamos desabalados e sem direção. Tudo um inferno, uma delícia.

Eu me sentia desastrado porque era sempre o último a escapar. Não havia uma vez em que os meus pés não ficassem presos numa fenda. Ou que, por curiosidade, eu voltasse ao monturo. O que havíamos deixado para trás? Algo importante, com certeza. Sentiríamos falta desse risco em outro momento de nossas vidas.

Por fazer tantos recuos, eu me atrasava na fuga do monturo. Era para mim que a voz de casa dirigia o seu conselho: "não entres antes de saber quem veio contigo". Eu não sabia nem sequer se acompanhara os outros na fuga. Satisfeito e assustado, eu sentia um sopro ofegante às minhas costas. A voz de casa também sentia e me retaliava, ameaçando: "não traga contigo quem levará teu umbigo". Mas, o que se quer na infância é rolar para dentro de si um rio, é subir às nuvens sem escadas. Enquanto contrariamos as ordens, outras vidas nos habitam. Fingem ser nosso rosto mesmo no espelho quebrado. Vamos abandoná-las, um dia, porque respirar pelo próprio corpo é a nossa beleza. Abandonar as vidas sem nome é o que melhor fazemos. Exceto uma ou outra que insiste em nos habitar, independente de querermos ou não.

4

A cidade à distância era um festival de vaga-lumes elétricos. O azul frio e o vermelho pesado das lâmpadas impediam os olhos de reconhecerem as casas e as vielas. A sombra dentro da sombra guardava o que descobríamos durante o dia: aqui e ali um quintal, a lâmina quente das lajes, uma fileira de postes enrolados pelos fios. Durante a noite, se quiséssemos ver algo, precisávamos pressentir o coração que as coisas talvez nem tivessem: sabíamos a marca de um carro pelo rumor dos motores ou a ferocidade de um gesto pela intenção com que nos pressionava contra o muro.

Sabíamos também o que eram certos objetos perigosos pela velocidade com que cortavam a escuridão. Sobre esse assombro ninguém ousava comentar. Nas rodas da escola, porém, não havia dúvidas de que eram os vaga-lumes proibidos.

Quem tinha a mãe por perto se abaixava quando zuniam. Eram diferentes dos outros animais, com silvos e rugidos metálicos. Olhando aqui de cima, a cidade era como uma placa de computador enferrujada, cheia de torres coloridas. Vista dos arredores do monturo, não distinguíamos, lá embaixo, quem era feliz ou infeliz. Para adivinhar a altura dos prédios tínhamos que apurar a câmera dos olhos.

O que nos diziam, desde sempre, é que o medo caminhava bem-vestido pelas ruas da cidade. Mesmo sem pernas, ele se agarrava às encostas dos morros. Subia e se colava às árvores, às pedras. Quando estava grande demais, esse medo chamava seus companheiros, então empurravam nossas portas. Eram muitos medos, ganhavam força enquanto acossavam a nossa coragem. Lá embaixo, extenso e enigmático, apenas o mar se rebelava contra essa ordem das coisas. Mas ao contrário das pessoas, ele não precisava de cercas elétricas ao seu redor.

Certa noite, em meio à névoa, escutei uma voz semelhante aos ruídos que saíam do monturo, enquanto revirávamos as peças. Qualquer ruído era mais do que parecia, porque atravessava colunas de metal e rios de óleo: eram sinais silenciosos. Estremeci e pensei nas civilizações vencidas. Mas a voz se alongou num tom divertido e isso afastou o meu receio. Afinal, deuses não são maiores do que os resíduos e só nos dizem alguma coisa quando conectamos os seus transístores. "Venha, venha" repetia a voz, "precisamos seguir até a segunda estrela, daquele lado. Depois voaremos mais rápido, direto até o amanhecer. Mas, antes, você precisa mudar o mundo, sobreviver".

Não era a primeira vez que isso acontecia. Sempre que os helicópteros rondavam o bairro como pássaros mortos sobre o teto das casas, eu me refugiava nos livros. A salvo, acompanhado pelos personagens que não morriam, eu me protegia dos estalos que deixavam marcas nas paredes e, às vezes, atravessavam as janelas.

Quem conseguia dormir nessas noites sem fim? Por que eles voavam desesperados durante horas? Tinham medo da luz, com certeza, porque assim que o sol começava a dar sinais, deixando ver as partes altas e baixas da cidade, os helicópteros escapavam. Sob o sol seria possível ver dentro desses besouros de lata: eles não tinham patas, mas antenas nervosas dentro de suas barrigas. Eram antenas presas a lunetas, que giravam procurando algo. Pelas conversas na padaria, no barbeiro, na loja de disquetes que eu frequentava, deduzi que as lunetas, muitas vezes, encontravam o ponto errado que miravam.

Eu detestava essas noites. Demorei a me separar delas, embora tenha consciência de que permanecem em mim e, num surto, podem me tragar para o abismo. Para sobreviver, comecei a fazer o estudo do horror, montando e desmontando essas cenas, vendo o rosto de cada fantasma na esperança de, algum dia, desativar as conexões de seus ossos. Odiei, como era do meu direito, aquelas noites e, mais que tudo, os agentes travestidos de anjos. Nunca pedi perdão por isso, não me deram alternativa senão reconstruir um lugar onde eles estivessem ausentes. Sim, é isso. Outro lugar onde sejam apagados os gestos contra o meu sonho.

Naquelas noites em que o mundo estava por desabar, a voz repetia o convite para sairmos dali. Atônito, eu tentava imaginar como sair: pela janela, arrastando-me pelos corredores? Adiantaria? Creio que não, um maldito holofote transformara a noite em dia. Qualquer ponto que se movesse seria tomado por alvo. A voz, no entanto, insistia: "vem, vem, vem". Será que ninguém escutava esse convite? Eu era ainda muito jovem para ter vozes atravessando o meu crânio. Nada do que os mais velhos falavam sobre os vivos e os mortos me ajudava: eu estava só, como estaria quase sempre ao longo da vida. Porém, naquela hora absurda havia um diálogo, apoiado numa muleta, mas havia.

Nos dias seguintes, os comentários em casa e na vizinhança eram sobre as coisas de sempre. Tristezas em meio às boas notícias. Tudo de um jeito normal que não me agradava. Depois que se aprende a acutilada do medo, nada mais é igual. Nem o medo mesmo. Quase tudo perde o sentido: quase – resta uma fresta por onde nos olhamos e pensamos "se não foi diferente, ainda pode ser". O medo é uma cortina grossa, mas não impossível de ser rasgada.

Em casa, eu estava só nessas ideias. De que me adiantava perguntar aos pais ou aos irmãos sobre a noite passada?

Antes que eu abrisse a boca, eles já haviam procurado algo para fazer. Fui severo com eles diversas vezes, mas, confesso, nunca tentei adivinhar o que sofriam durante a invasão dos besouros. Se eu tinha minhas razões para falar sobre o assunto, eles teriam as suas para se calarem.

O jeito era esperar a hora de ir para a escola. No meio do pessoal haveria alguém disposto a me ouvir. Eu não queria repetir a história dos besouros. O porquê de suas visitas era o que me intrigava, sua ação violenta não era novidade. O porquê sim, invisível, precisava ser investigado. Engano meu, mesmo na escola ninguém reparava em mim. As maquinações por trás da máquina não têm graça, me diziam. Além disso, insistiam que a desconfiança era coisa da minha cabeça. No final das contas, cada um estava interessado em falar mais alto que o outro. Ninguém ligava para minhas palavras. Elas grudavam no chão como papel molhado e logo se desfaziam.

Demorei a compreender o que era pregar no deserto. Por fim, desisti de me concentrar no pregador, assim, quem sabe, eu teria tempo para medir o tamanho do deserto. Percebi que meus colegas reparavam em mim, mas de uma maneira estranha. Eles me viam integrados a eles, colado da gola ao tornozelo. Eles me tinham como célula de suas células, a ponto de acreditarem que éramos um todo. Isso explicava por que não queriam me escutar. Eu existia com eles. Isso os isentava de pensarem que minhas ideias pudessem ser diferentes. Mesmo apartados pela música e pelos gritos, estávamos sob a mesma tempestade de areia. Sob a mesma cúpula. Era algo parecido com o que acontecia com os meus pais e irmãos.

Admito que durante algum tempo me bastava falar sem ser ouvido. Eu ouvia a minha própria voz. Dentro dela, outras vozes se agitavam. Uma voz feita de efeitos inesperados: lutavam entre si às vezes, outras vezes se entendiam sem dificuldades. Essa alegria poderia durar, mas até quando eu me bastaria? Se tudo o que respira conspira, por que eu temia as vozes subterrâneas que me habitavam. O que diziam? Eu as ouvia e, como os meus colegas, dizia para mim mesmo: elas são parte de mim, não precisam de maior atenção. Sabemos o que dizemos. Então, por que eu tremia quando ensaiavam levantar a cabeça em meio às vozes que eu compreendia?

De volta aos corredores da escola, eu aderia à fala geral dos que estão surdos enquanto gritam. Somos ásperos na hora de abraçar, eu penso. Mas quando abraço, não penso em nada. Os peixes elétricos deslizam sob as roupas. Tudo ruge, os corredores estalam. Depois de algum tempo, nos entendíamos, filtrando as sílabas que saíam dos lábios. Não me perguntem como nos entendíamos: outra língua pairava entre nós: prática como alicate. Pronta para extrair os parafusos de nossos dentes. Era uma guerra, uma festa, uma réstia de alegria. Não era essa guerra que me animava, mas enquanto pensava isso eu já havida me lançado ao combate.

Ao jogar minha voz no meio das outras, esbarrava nos corpos dos amigos, nas paredes da escola, nos livros puídos da biblioteca. Sem que me ouvissem, eu os ouvia e me sentia livre para falar dos acontecimentos da maneira que melhor me parecia. Quem está fora do círculo não tem obrigação de girar, mas quem está dentro não pode marcar passo a vida inteira.

Essa situação era divertida, embora cansativa. Entrar no confronto significava decifrar uma língua ruidosa por segundo. Éramos bons nisso, a ponto de nos sentirmos parte de uma Terra do Nunca. Não raro eu adotava outra estratégia: escolhia alguém para conversar fora da zona de conflito.

Desse modo, eu marcava o *front* e diminuía a extensão do desgaste. A maneira mais fácil, nesse caso, era aproveitar a companhia do Cola, pela manhã, quando descíamos a escadaria, antes de chegarmos à escola.

– Eu escutei a voz dele no meu fone de ouvido, outra vez.

– Ora, não era uma voz que vinha pela janela, como você me contou antes?

– Sim, talvez. Tanto faz. Janela e fone de ouvido são a mesma coisa quando tem barulho demais perto de casa.

– Imaginação sua, filme de lua. Nem o Silas que vive nas nuvens voa tanto como você. No fone, o que eu escuto é a batida do MC Dublê. Meu pai diz que ele acertou o *groove*. E é verdade. Quando ele faz os *riffs* com a voz, eu saio do buraco. Me dá vontade de gritar: "E aí, tudo bem? o bate-não-bate chegou". Você também devia prestar atenção no Dublê.

– É claro que eu presto atenção nele, Silas. Com quem você pensa que eu aprendi a deslizar na língua?

– Não sei. Sua cabeça roda mais veloz do que a nossa.

– Não é nada disso.

– É.

– Quem disse?

– Precisa alguém dizer? Não está você aí conversando com alguém que nenhum de nós nunca viu?

– Eu não disse que conversei com a voz. E nem sei se é ela ou ele. Vai que nem é pessoa?

– Se fala, é pessoa, viva ou morta.

– Não é tão simples, Silas. Você conversa com seu computador e com a gata da sua tia Almerinda. Meu avô conversa com as samambaias. Quer dizer, ou tudo isso é a gente, ou a gente é tudo isso, máquina-planta-bicho.

Por fim, a conversa mudava de direção. Eu tiritava mesmo quando não fazia frio. Não havia entre meus companheiros de viagem ao monturo um que me ouvisse. O melhor era aproveitar a descida surfando entre as pessoas. Entre um corrimão e a parede. Íamos até o largo. A escola ficava em frente à padaria. Era aí que os outros nos esperavam. Antes que o portão se abrisse, combinávamos a volta ao monturo. Quem sabe dessa vez não encontramos a parte incendiária de um pixel?

E ninguém mais queria falar sobre os besouros da noite anterior.

5

O bairro aumentou, um labirinto em torno da ilha de resíduos. Cresceu os braços em direções opostas: sabemos que estamos aqui, num bairro dentro do outro, mas não nos conhecemos todos. Essa convivência familiar e estranha nos torna irmãos de países estrangeiros, basta sair de uma viela e o bairro que se conhecia já não é o mesmo. Tudo o que debruou além do monturo é um território, há fronteiras entre nossos abraços. Divisões que nos unem. Bandeiras invisíveis a dizer "sua praia não é essa".

Vamos com um pé na frente e outro atrás, amando o lugar que nos exila. Tensos, alimentamos a ideia de um lugar que só existe porque existimos. O bairro é uma dor frenética: uma esperança também. É vidro estilhaçado, globo da morte. O bairro singra, estaciona. É espelho de mim. Dos outros? De quem? De mim, que tenho os contornos abertos e deslizo entre as coisas que me arranham. Um bairro quase um país: isso é o que deduz meu pensamento: se há fronteiras, há lados diferentes. Há bandeiras, conflitos. O luto, alguma trégua. O bairro esbarra em si mesmo, às vezes se reconhece, às vezes, não. Melhor que enfiar a cabeça na terra é levantá-la para ver o que há do outro lado.

Apesar das proibições impostas pelas autoridades, as casas do bairro se adaptaram ao terreno irregular e se enovelaram na encosta. Vivíamos dessa arquitetura que nos deu abrigo e forma. Mitigou os riscos da vida ao relento. Porém, a cada nova construção nos sabíamos herdeiros do perigo. Lançados a um céu de alegria e suicídio, gravidez e insônia.

Vive-se no limite da exigência quando tudo o que se tem é a própria vida. Isso nos torna insubmissos, descontentes com a usura, duros com o destino.

Minha casa não ruiu com a chuva, ao contrário de outras que desceram velozmente a encosta. Fomos vitimados naquelas pessoas que não tiveram tempo de pensar sobre a tragédia: viveram-na como se fosse a vida. Não gosto de armadilhas. Por essa e outras, nunca desliguei meus sensores. Assim como algumas criaturas eletrônicas do monturo, que esperavam um *clic* para voltarem à superfície, aprendi a hibernar: o corpo estático, a respiração quase sumindo, a menina dos olhos inalterada.

Eu treinava à noite, em silêncio. Isso me permitia ouvir, mesmo de longe, um rumor vindo do subsolo: foi aquela outra voz, estrangeira, que me ensinou a manter as antenas ligadas. Talvez alguém pedisse socorro sob os escombros. Talvez a combinação de elementos químicos tivesse gestado secretamente uma bomba. Na minha imaginação, ela explodia sempre que as sirenes derrubavam a transmissão de energia, mergulhando o bairro na angústia. Ninguém dormia. Eu não dormia. Enquanto educava o meu ódio, como se fazia nos filmes do bem contra o mal, eu esperava a chegada da manhã. Muitas vezes, fui o primeiro a chegar no monturo para checar a potência da bomba. A pele cariada dos entulhos, no entanto, me dizia que a explosão exigia paciência.

Cresci nessa faixa conflagrada desafiando a raiva e o medo. Da primeira queria a força, sem ser destruído quando ela eclodisse; do segundo, queria a inteligência. Sim, parece estranho, mas para quem nasceu dentro do medo ele não é o peso que nos impede de correr. É isso, mas é também uma sala de aula onde se escuta o eco da própria voz em confronto com outras: de perto e de longe, vozes sobreviventes. Vozes, sempre vozes que não sucumbiram. Desse medo extraímos a capacidade do cálculo. Traduzido em linguagem de urgência, isso significa saber a hora de apertar a garganta do monstro.

Por me comportar assim, anjo nenhum desistiu da minha cabeça – ela também um país em conflito. Muitas vezes me disseram que os anjos tortos erram com a gente. Eu nunca me preocupei em consultar o meu sobre os seus deslizes. Desde o nascimento eu o vi colado à cabeceira da cama, mas nas noites absurdas quem me consolava era aquela voz inalcançável. Foi esse o motivo para vingar em mim uma grande desconfiança com os anjos. Fui assistido e deserdado por um deles. Calculei se valia a pena ter ao lado alguém que não está junto quando preciso. Na dúvida, me entreguei a qualquer coisa que tivesse de acontecer entre o céu e a terra. Sem mais. Só o duro, o osso. Vi gente demais se dobrando para uma sombra que não era a sua. Entrando em caverna por acreditar que entrava no ventre da mãe. Acreditaram mesmo? Foram forçados a acreditar? Não sei. Sei de mim, arqueado, teso.

Quando atravesso o bairro, sei da bomba no subsolo. Conheço tanto esse lugar que a alma vai sem o corpo – estrepitosa, submersa em alguma alegria. Tenho me alimentado de ritmos, tenho sim. Com tal intensidade que me pergunto se é um modo de aceitar a vida ou uma pulsão azulada para a morte. Às vezes, ao invés de circular pela ilha de detritos estaciono num certo lugar para me confundir com os ruídos. Sendo diferente de mim, sou tudo à volta. E me sei. E me soa bem intuir que esse mundo vai desmoronar com tudo dentro.

Ouço dizer que essa postura favorece o sistema. Discordo. Fazendo isso ou aquilo o sistema continua de pé. O que ele não suporta é saber que eu sou e que não dependo dos seus missais de ódio. Ser é um desafio porque nos dá o direito de fabricarmos nosso próprio ódio. O sistema ignora o que eu sou e só me considera quando percebe que não dependo dele.

O sistema é ciumento. Sei que não é possível nocauteá-lo, mas levá-lo às cordas, sim.

Vou pelas vielas, deslizando sobre o tênis. Alma a jato, coração sem mercado. Ir e ser se misturam sob a língua. Canto. Se a letra é secreta, assobio. Já se deram conta de que assobiamos quando a sensação de liberdade nos tira do chão? Tenho vivido essa filosofia de átomos que debruam o ar. Há quem me escute, quem se irrite, quem pense assobiar e isso lhe basta. Não sei se me entendem: o que falo, o que vivemos parece o exercício de uma outra língua. Talvez seja, porque insisto. Insisto em reunir na praça um coral de assobios, de gente indo sobre as nuvens.

Mas que nada.

Estou sozinho com tudo nas mãos, vendo muitos que dobram a esquina, desprevenidos e azarados. Eles caem, cílios sem rumor. Eles são levados, fibras em desalinho. O que fica é a ilusão de que não dobraram a esquina, continuam em casa aquecendo as mãos apesar da manhã vulcânica.

Eu não me iludo. Ciente do que sou, me dou conta de que isso só é possível pelos outros que vivem em mim. Cada um deles com seu nome e sobrenome, sua camisa e seu colar, com sua função na engrenagem da minha memória. Ter perdido o meu nome me deu a chance de usar a camisa e o colar de outros para mover essa engrenagem de acordo com a minha vontade.

Pela milésima vez digo que vou e, ao dizer isso, desço as ruas do meu bairro. Veloz, às vezes; aos sobressaltos, outras tantas. Sei e não sei o que me espera quando a luz se esvai: no escuro, afinal, nascem os besouros metálicos. Apesar deles vou de braços dados com aquele menino que se indignava com o monturo. Vamos como alguém que não se cansa de perguntar: havia uma civilização por trás daquela tragédia?

O que fazer daquele resquício de biblioteca? É por isso que vou com o menino e sua força vulnerável. Se uma parte de nós morreu, não quer dizer que a outra tenha curvado a cabeça. Não sei o que tenho, mas vou.

Vinguei.

Outros, no entanto.

6

Por que minha vida não cabe na realidade? Nem sempre foram essas as palavras, mas a pergunta nunca deixou de me perseguir. Seria um bom título de filme ou um jeito de colocar à prova a boa vontade das pessoas. Mas nunca desejei entrar na consciência dos outros através da culpa. A culpa é a herança de quem sente temor por um deus morto, alheio à vida irreal que criaram para ele. A culpa é uma conveniência, deus precisa do pedido de desculpas para mostrar que é necessário. Quem sente culpa sabe a quem pagar os tributos e onde se deitar para descansar. É uma bela economia de mercado. Quem não concordar com esse acordo cuide de não esquecer os crimes do perdoado.

Eu nunca quis esse negócio à luz de velas.

Negócio de permutas e juros, que dão confiança para alguém dizer: eu sou filho escolhido. Meu pescoço é a régua do mundo.

Eu nunca quis medir o mundo.

Fui, assim que pude, um homem-árvore. Uma afronta à máquina.

Um zero incendiado.

E não me senti só.

Se o Silas e o Cola foram ter as vidas escolhidas para eles, eu me desviei para outras vias: da noite para o dia me acabei em leituras. Infringi derrotas ao alfabeto, perdi os pontos, errei as margens. Refiz o antigo livro do monturo, por dentro e por fora. Li tudo outra vez. Colei outras histórias. Desfiz parágrafos. Pus a tiracolo o que me agradava ler. Livros, entenda-se, são como elefantes aqui no bairro: por onde passam não são esquecidos. Ajuntam ao redor deles os resíduos daquilo que derrubam. Chegam imperceptíveis e desde o subterrâneo vão abrindo fendas na superfície. Livros nas mãos de alguém aram o terreno, por aqui desarmam o espírito.

Não tive ilhas, leguei a mim mesmo a ironia. A discordância com as autoridades da Saúde Pública: seus disfarces não me convenciam. Na infância, eu estranhava o fato de chegarem depois dos besouros elétricos. Informavam sobre a dor da perda, nunca sobre as doenças e os remédios. Colavam avisos nos muros. Calavam-se, protocolares. Escondidos atrás de uma brancura irretocável, filmavam. Aqui e ali uma reclamação: anotavam. Irretocáveis, voltavam ao veículo. Qual nave, o carro planava sobre a irregularidade das ruas.

Do alto do meu cabelo, passei a não ter dúvidas de que a mão que nos socorria era parte do corpo que nos matava.

Para um jovem homem-árvore isso era um desastre. E dava vontade de gritar. E inventar uma língua para outra vida.

A ilusão da língua.

Nenhum sinal para ninguém.

Muito para dizer.

Mas sem.

Com nexo.

Com cem pessoas descendo a rua na direção do mar.

Decididas.

Para colocar abaixo?

É, o que nunca foi feito.

Mas, e os caras de armadura?

Se amadurecerem, um dia, quem sabe?

Eles? Você não os conhece.

Nem eles a eles, mas vai que?

Não vão, não vai.

Vamos por nossa conta. Imagine a multidão de cabeça alta, um som ainda mais alto. O pensamento como os quadris, milimétrico, marcando o passo. E as pessoas indo, vindo, tendo o que fazer. E o mar lá embaixo, escutando.

Entre o mar e o morro há uma faixa estrangeira, que se atravessa dia após dia. Onde não se fica, onde a largura das folhas não é suficiente para nos proteger da chuva. Ainda assim, atravessamos a faixa, nós também estrangeiros. Sem lugar. Alugados ao acaso, sem ordem nenhuma a não ser ir através de. Para desligar os transístores do país. Escurecer a cidade, iluminar o bairro – mas isso nunca esteve nas primeiras páginas.

O que poderia ser mais justo? Inverter os papéis – por um minuto: tirar quem mora bem de suas casas, explodir o cofre – tirar, tirar tudo até as mãos de quem não olha para o lado. Não seria justo, nessa hora, fechar os clubes e as avenidas? Impedir a circulação da alegria alheia? Mas: não somos nós a repetir a brutalidade bruta. A civilização, essa conversa, compreende? Está aqui, em cada canto. Em mim, em cada um de nós que deslizou pelo abismo.

E subiu, de novo, pelas paredes até o limite.

E continuou a subir, dá para ouvir a fricção das unhas? A princípio é desesperador. Depois se acalma. A irritação aparece: fica-se irritado quando não é possível diminuir o desespero: a vontade é estourar os miolos do sol. Depois vem a pluma, amainando os ruídos – quando parece desaparecer, sibila. Emenda um silvo no outro, quebra quando bate na quina da mesa. Se emenda de novo. Viu? Ouviu? Há uma orquestra à volta, a cabeça é um amplificador. Então se descobre que sem tirar nada de ninguém já vínhamos mudando a rotação do planeta: de horror para amor, há muito tempo.

Um homem-árvore pode criar do nada. Se não perdeu tudo, está arriscado a perder, se não for agora, quando será? Será, é certo. Desde que demitiu deus, o homem-árvore não sente culpa.

Os polos da terra cruzam sua cabeça.

A minha.

Tua cabeça?

O homem: árvore.

Desde a cabeça ele cresce na direção do sol.

A razão.

Sim.

O sol e a lua: novo dia, nova noite.

Com a cabeça sob o céu se deduz que é possível viver o extremo da guerra. Mas não é bom.

Justo não é.

Porque apenas alguns são exilados no *front*.

Outros não se preocupam com isso, estão salvos, vão ao mar.

Ao mar, entende?

Como se fosse um direito natural.

Não é.

É possível descer daqui até o mar?

É.

Não parece.

Tem que se tomar o direito à unha.

Isso é guerra.

Mas não é essa calmaria que degenera?

O homem-árvore tem uma família e vai encontrá-la. Não agora, porque treina para não precisar dizer aos outros que tem uma família.

A família do homem é órfã.

A primeira regra do homem-árvore é desejar. A segunda é falar sobre a cerca de arame à volta do desejo. A terceira, viver – apesar de – o desejo. As regras só têm sentido se o pensamento se aproximar das coisas que se lançam. O homem-árvore fala quando balança. Quando se enraíza fala para dentro. Se o vento sopra suas costas, é para fora que ele fala. Se isso, se aquilo, talvez mala, alma talvez. Toda condição é propícia para o homem-árvore falar. Não se entenda falar como ferramenta para recortar e montar. Há outra ordem quando o homem-árvore fala: é uma urdidura, um desmanche do debrum.

Por isso ele canta e dança.

Está pensando: é isso o que dá fôlego ao homem: pensar é um desenho feito sem as mãos: o que se quer vai ganhando forma, mas não vemos nenhum bisturi cortando e montando. Se alguém quiser, pode pegar o desenho e colar numa parede, mas não vai prender o que está antes e depois dele. Quem fez o desenho trabalha para que nunca fique pronto. Esse é o divertimento do homem-árvore: enquanto fala sobre o desenho, é noutro porto que está embarcando. Sua música surfa as ondas do rádio e porque não tem um nome, ele canta na voz de mil cantores e cantoras. Isso quer dizer que ele dança com eles, o que o obriga a ter mil pernas e mil braços.

O homem-árvore não cabe em si.

Sou eu.

E tu.

E nós.

Está aqui e lá, desfilando sua cicatriz.

7

Uma vez por semana as pessoas formam uma longa fila, ao lado do mercado: a fome é menos de alimentos. Ela se mostra inteira no sonho, na farsa de quem aposta a vida em poucos números. Estou falando da casa de jogos: alguns secretos, disputados nos fundos, entre roletas desenfreadas. Outros, de ingênuo azar, expostos em máquinas que os funcionários da casa lotérica acionam mecanicamente. Incontáveis vezes, ao longo do dia, os funcionários têm nas mãos o destino de alguém. Apressam-se em cada atendimento, pois as insinuações lá fora indicam que a miséria tem pouca paciência. A fila se estende pela calçada. Dentro da loja, o inferno de sempre: dentes arranhando possibilidades. Hoje, por um capricho do deus desumano, o sol escaldante paralisa os móbiles da tarde. As pessoas têm fome, mas não pressa. Ansiedade, pressa nenhuma. Poderiam, se quisessem, rasgar a dura película de sol.

As pessoas querem algo que não seja obedecer ao dedo invisível que movimenta as cordas? O que desejam essas pessoas? Desejam, são levadas sem ofensas até a ponta do trampolim? Detesto pensar que para muitos isso é um conforto. Eu me incomodo com a beleza de um inseto na vidraça. Estão presos: o inseto e os meus olhos. A vidraça corta nosso contato. Tudo é ferida para minha consciência. Tudo acaba num breve tremor, basta que eu imagine o joelho de um policial esmagando um homem, que eu imagine: viram? O homem chamou pela mãe, mas o policial era um ponto-final. Não há conforto para ninguém. O sol queima por testemunha nossas esperanças. Não queimaria também os corações amargos? Pelo tanto que perdemos, merecemos um tempo de recompensas e um tempo de cobrança a quem coloca escutas em nossas cabeças.

Passa pouco do meio-dia e a fila continua tensa. Move-se devagar. Não se move. Para algumas pessoas essa demora ajuda a esquecer a hora do almoço. Isso significa que as moedas continuarão no bolso por mais alguns dias. Alguns, se quiserem, poderão comprar a alegria por um bom preço. A fome é a fome, come de si mesma. É duro dizer, mas há quem prefira parecer o que não é, ter o que não tem. Estamos atados nessa teia, onde é preciso escolher a cada passo: comer ou ter uma corrente quase-ouro no pescoço, correr ou morrer. Certas escolhas não são justas, são as possíveis e custam caro demais. É preciso escolher, doa o que doer. Nada de deixar a cabeça na linha da lâmina.

De repente, alguém reclama: "Você não me entende? Eu tinha outra saída? Você viu? Tudo se quebrou de uma hora para a outra. Não, não. Culpa? É claro que não. E se fosse contigo?" Ninguém responde, as perguntas flutuam no ar quente. Não há nada pior do que o divórcio entre a boca e o ouvido – por causa do grito de uns e o desinteresse de outros, o coração se despedaça.

O intervalo entre as perguntas é agressivo, arranha. Ouve-se um e outro roçar de pensamentos, mas nada se movimenta. Ou, quem sabe, se movimenta de outra maneira. Para quem olha desde fora, essa fila é um atraso de vida. Todo mundo espera, ninguém trabalha, perde-se tempo e dinheiro. É, e não é por aí: para começo de conversa, a fila é um desrespeito com os pobres. Há sempre uma fila que nos leva para algum precipício: ontem ao navio da morte, hoje à morte pela falta de esperança. Sim, vejam, nos colocam em fila para sermos melhor alvejados.

Acontece que o bairro cresceu e se tornou um território com língua e imaginação próprias. Às vezes, nos desentendemos nas conversas e é preciso alguém para traduzir o que pensamos: uns sobre os outros, uns contra os outros. Vista daqui, a fila não é a ordem brutal que leva ao inferno. Fizemos dela uma linha no limite do confronto. Lá é outro mundo, onde vamos e voltamos. Poucos de lá se interessam pelas espirais do nosso pensamento. Pensam no mundo que os habita e se limitam a esticar a linha que nos separa. Fazemos o mesmo? É possível, sente-se o cerol na linha que nos circunda. Se ela se romper a explosão será imprevisível.

Herdamos a fila como o lugar onde se repete a humilhação programada pelas autoridades. Essa é a fila-ultraje para as mãos nas paredes e as pernas abertas, enquanto destroem nosso orgulho. Muitos abriram as vísceras da fila, conversaram com o inimigo à beira do abismo. Fizeram o mesmo com a agonia, se entregaram à vida com ela. Viver alguma coisa é ter consciência de que ela respira e muda de forma. Viver agonia ao telefone é ver, mesmo quando não vemos, uma saída, nem que seja pela via estreita. Em chamas.

Sentimos o pulso da fila.

Sua fricção.

O beijo-aranha.

Uma lição de coisas.

Sua *anima*.

A vingança é uma fraternidade possível apenas para quem sofreu além do imaginável. Vingamos os humilhados. Fizemos da fila uma escola. Nas trocas simbólicas estar na fila e desfilar num carnaval sem fim, mas há o mundo real. Nele há braços e pernas lutando contra a linha do círculo, querendo romper o limite para começar a vida com outra música: outra figura. Muitos chegam na fila por chegar, nem sempre há um motivo agradável para se estar aqui de pé, vendo e sendo visto. Em geral, o dinheiro no bairro acaba no início do mês, o sol e a chuva maltratam quem espera para fazer os pagamentos: paga-se a juros o que mal nos pertence. O dinheiro ronda o bolso e desaparece, não deixa rastros. Na boca do caixa há quase sempre alguém mal-humorado, escondido atrás do vidro transparente. Tudo conspira para uma falha na comunicação.

Essa fila é um calvário, ouve-se dizer.

Então, por que estamos aqui hoje, se estivemos ontem?

Viemos porque há muito a fila não é uma fila.

É um ofício.

De ver e reconhecer num estranho um parente.

É um arquivo.

De quem não vem mais, de quem passa na outra margem da rua.

É um *pen drive*.

A fila.

Com espaço infinito para guardar conhecimentos.

A fila tem filhas. Filhos.

Não se vem aqui sem a roupa adequada – um cetim fluente, um paletó dançante. Pisar na fila é acender um risco de pólvora. Há uma beleza impossível nessa fila. Ou possível apenas aqui: um frescor de palavras no ar. Pássaros, raiva de vento. Um prenúncio para o que seria, será, algum dia, um grito. Entre uma pessoa e outra, mesmo no silêncio, há um rumor que não cessa: algo como uma respiração secreta. Há aglomerações e agressões na fila, ritos, sedições, traições. Há lírios e alvéolos que aos poucos se percebe. E aos poucos, com outra medida de tempo se compreende. Estamos aqui porque não é mais o lugar do atirador: tiramos dele a alça de mira. Ficamos de pé, empurrados pelo sol, mortos de sede, mas de pé.

Se quisermos, vamos embora.

Quando quisermos.

Se.

Estou a pino, roendo um nó na garganta. Devaneio sobre o que existe entre as palavras. Uma nuvem se condensa nesse intervalo, nem sempre reduzido a uma guerra sem tréguas. Há um campo de flores, mas está murcho. Alguém chora. Quem escuta o melro, entre as sílabas brilhando? Outra máquina talha o campo, inibe o canto. Ríspida máquina, belicoso projeto. Genocídio é uma palavra pesada, condizente com os horrores que nomeia. Muitos a esconderam debaixo do travesseiro, dentro dos livros sagrados, sob o coração de suas vítimas. No intervalo entre as perguntas, essa palavra não escapa à atração de outra: é pela sua responsabilidade que os genocidas serão julgados.

Por que estou atento a isso? Neste instante, há uma luta dentro de mim, por causa das coisas que falam a nosso respeito: nos jornais e na televisão fixam uma tarja negra em nossos olhos. Nossas fotos, ameaçadoras – nossos nomes reduzidos a uma sigla: o elemento. Falam sem pudor sobre o que talvez sejam, eles, nas telas espalhadas pela cidade. Não sabem que falamos outra língua dentro da língua que, aparentemente, nos aproxima.

Enquanto espero o suicídio da fila de jogos, penso escrever um diário ácido e nervoso. Não haverá mortes nos meus registros, exceto a de Tia Edite, que ninguém sabe se morreu mesmo. Dia sim, dia não nos encontramos com ela à porta do salão. Ninguém no bairro lia as cartas melhor do que ela:

cartas ciganas, cartas de pedra, cartas da foice e da coroa, um qualquer signo capaz de revelar os nossos desastres – qualquer um podia entrar e sair da sua sala: uma caixa escura, sem diabos ou deuses nas paredes. Uma caixa vazia até que o consulente perguntasse: "Então, Tia Edite, vai dar certo?". Ela respondia, sua voz na câmara era como contrabaixo sussurrando em nós: "O que você acha?".

Tia Edite era amada pela sua escassez. Nada de exagero no gesto. Nada entre uma palavra e outra, a qualquer sinal de desperdício, ela preferia ficar em silêncio. Os outros misteriosos do bairro, ao contrário, se deixavam ver de longe. Coloriam suas tendas com sonhos maiores do que as nossas retinas. Acabávamos querendo aqueles sonhos, entre árvores celestes e praias de zinabre – esquecíamos o que nós mesmos sonhávamos. "Ilusionistas, todos ilusionistas", bradava Tia Edite.

Tínhamos febre por aqueles paraísos, mas a velha nos puxava para dentro do inferno. Se havia alguma salvação para nós, ela dizia, não era aquela dos ilusionistas, estivessem eles nos templos ou na televisão. Adepta das cartas esclarecidas, a Tia ganhara nossa admiração. Medo, não. Sem girar nos calcanhares, ela nos enredava pelo pensamento, depois nos lançava para a vida. Aquela ali, na esquina, feita de cal e sangue. Sem ilusões.

Quando morreu, ou parece que morreu, Tia Edite não teve velório, como era costume fazer, corpo exposto na sala e a música nos fundos da casa. Nesses velórios ardiam histórias de sexo e de alegria – sérios, os mortos não dançam: dançávamos por eles. Para Tia Edite, no entanto, a passagem se resolveu num átimo, sem flores nem dores, sem canções de despedida. Seu esquife deslizou entre as pessoas. Ninguém arrancou os cabelos nem arranhou o rosto. Ninguém viu sombras no corpo, ninguém ousou perguntar: “Está tudo bem, Tia Edite?”. Ninguém estava contente, ninguém estava triste. O luto fechou as janelas: havia sol ainda, quando disseram que o dia não era mais de festa.

8

Não haverá mortos nesta história. Me recuso a enumerar vítimas. Nunca penso na morte porque a sei próxima demais. Muitas coisas que fazemos só serão compreendidas quando morrermos. Agora não quero compreender muitas coisas. Apenas apontar. Quem dispara deve arcar com a lista dos cadáveres – a mão do governador sabe indicar o calibre, por isso deixará motivos para ser julgado. A mão do especialista sabe apertar o gatilho. A mão pública sabe acusar sem provas. As mãos que manipulam livros fecham as cabeças. Tantas mãos a escrever o ódio. Quando mortas, saberemos por que impedir que renasçam.

Se temos os tiranos e as vítimas, temos a linha para um romance. Basta escrever sobre ela, seguindo o que não é mistério para ninguém. Escrever conformado com a recepção favorável sobre nossa miséria. Temos que fazer romances, esperam que usemos a página do jornal como índice. Temos feito romances presos àquilo que sabem antecipadamente sobre nós.

E nós, o que sabemos da ínfima alegria? Do calor extinto, e ainda vibrante, sob a pele? Fazer romance com a imprecisão do sonho é um modo de chegarmos perto do que fomos. Ou somos. Escrever, para quem revirou o monturo, é recusar os ingredientes de sempre. Se as vidas são outras, para contá-las é preciso uma letra oito: firme e afiada. Prefiro ir pelos atalhos, como esses que circulam incertos, mas fazem bater o coração do bairro. Escrevo um fluxo – com uma bomba sob as palavras, prestes a levar o bairro pelos ares. O fluxo é um texto que invento agora, mas que pode se desfazer a qualquer momento. É um improviso na quadra da escola, antes da festa principal. À maneira de uma navalha, o fluxo abre o olho do agressor. Para ver o que há lá dentro. Se é olho humano, por que não nos vê? Ou, se nos vê, por que nos apaga do mapa?

Estou escrevendo um fluxo: vivido em poucas horas, enquanto aguardo na fila a minha vez de fazer um pagamento. Esse fluxo é ágil, porém atado às horas mortas, aos dias vencidos, aos séculos sequestrados. Se tem a aparência de um diário ou de um romance, pouco importa: é um fluxo, algo que quase conhecemos. É denso e fluido, constrangido pelos atritos e rendido à beleza que nos mantém de pé: na fila, nas esquinas do bairro.

Antes de prosseguir, converso comigo para evitar o delito de matar a vida ao acreditar nela, quando escrita. É óbvio que meus amigos Silas e Cola diriam: "Isso não é um problema para quem garimpou no monturo. A gente pegava o que estava morto e morto ficava, mesmo que virasse o melhor brinquedo". Silas e Cola teriam razão, se não cedessem ao que se esperava deles. Não os culpo por isso, não sei mesmo se minhas ideias funcionam muito bem. Diante das marcas que os projéteis gravam nos muros, me alegro por estarem em suas casas, esquecidos de cavar no caos. Converso comigo e as duras ideias giram nos meus sonhos. Em espirais rascantes. Prestes a.

Me vejo assentado numa cadeira, mãos e pés amarrados. De repente, puxam o capuz que me cobria a cabeça. A luz forte bate no meu rosto, ainda não comecei a suar, mas escuto, vindo do fundo da sala, a minha própria voz:

– Onde você estava quando tudo isso começou?

– Ninguém vai perguntar o meu nome? – retruco rispidamente.

– E precisa?

– Nem eu, nem tu, nada existe fora de um nome. Se não me perguntares, não sairemos daqui tão cedo.

– Não perguntarei. Eu já sei.

– Não sabes. Quem indaga já não sabe muito, apenas se esforça para inventar um crime. Quem não pergunta e diz que sabe é um farsante.

– Vou aproximar a luz. Com os olhos no fogo não há necessidade de fazer perguntas. Ao apertar as pálpebras você terá insinuado algo e seremos livres.

– Quem garante isso? Tua mão sobre a máquina?

– Talvez.

– Isso não basta. Minhas mãos atadas estão livres. As tuas livres estão atadas. Não vês? Somos diferentes.

– Somos os mesmos. Não se engane.

– Então estamos livres e presos. É isso?

– Não. Isso é um delírio.

– Nós deliramos.

– Não foi o que eu disse.

– Disseste sim: somos os mesmos, eu ouvi muito bem.

– Isso é um interrogatório?

– Finalmente entraste no jogo: não é um interrogatório, ainda. É a primeira pergunta. Não importa o que ela deseja verificar. Importa a forma: enunciaste uma escavação. É pouco, mas pode ser muito.

– Não era melhor dizer que isso é uma cilada?

– Se eu dissesse terias preguiça de mudar de opinião. Sempre fostes da matéria do carrasco. Por que mudarias, a menos que alguém encostasse a faca no teu peito?

– Isso aconteceu e sinto que foi um grave acidente. Ainda estou vivo?

– Nasceste de novo. Vê: tua mão está desarmada.

– Quem garante que sou confiável? Que não apertarei gargantas no escuro?

– Ninguém te garante nada. Ninguém pode, mas não és ninguém.

– Esta sala, o copo de água sobre a mesa, a luz forte, as paredes duplas. Este porão: era tudo uma cilada. Você armou contra mim?

– Eu fui trazido, lembras?

– Sim. Quer dizer, não. Acho que estávamos aqui, há muito tempo. Quando acenderam a luz é que vi nossos rostos.

– Não era uma cilada, compreendes?

– Não. Quer dizer, sim.

– Aqui dentro tudo é previsível. Lá fora, quando o sol explode, temos que perguntar e responder. Há uma guerra, estamos no limiar do campo dos mortos. Mas é aí que vivemos.

– Apesar da guerra, lá fora é menos aviltante. Nesta sala, até o ar é uma cilada.

Sim, há uma cilada em cada esquina. Uma dentro da outra, passamos raspando por elas. Eu me pergunto quem teve a paciência de espalhá-las pela cidade. Acabei de dizer que aqui fora perguntamos e respondemos sem hesitação. Não é bem assim, poderia ser, mas não permitem. Fomos apanhados na teia de um jogo e nos acostumamos a ter a corda no pescoço. Fomos bem treinados para isso. Mas, quando a luz fica muito perto, quando nosso corpo atrás da mesa se levanta e põe a mão em frente ao rosto, conseguimos ver. A voz na sala é a de um carrasco, obviamente. É preciso expulsá-lo. O ar em torno dele é pesado. Use o que for possível para abrir a janela, não se pode deixar que o mal permaneça pelos cantos, asfixiando nossa vontade.

Quando me dei conta de que este país era uma cilada, apontei a letra "v" e disparei. Logo que os estilhaços cobriram o piso, me levantei, diferente dos objetos à minha volta. Eu estava despido como se tivesse nascido há pouco. Apontei novamente a letra "v" e antes que agisse, vi com certeza que apontava para mim mesmo. Às vezes é preciso o sopro de um parto para vermos a chegada de alguém, pensei comigo. A luz se apagou, a sala desapareceu. O ruído do copo se estilhaçando foi em razão do meu delírio.

Afinal, o que aconteceu?

Algo sempre acontece, mesmo que não deixe rastros. É assim, por certo há uma canção que fala sobre isso: o fogo se acende, depois se apaga: o que fica, impossível de ser tocado, queima as mãos. Não sei o que me aconteceu. Tiro as mãos dos bolsos, com o pensamento chamuscado me vejo aqui, diante desse quase-diário. Não atiro em nenhum ser que faz a vida inumerável. Tudo é inumerável. Não atiro. Vou pelo meu bairro, aceno para esse e aquele com a euforia de sentir o sangue ensolarado. Vou à fonte do desejo e não vacilo. Quem passa pelo salão de cabelos conversa com Tia Edite, tira uma ideia sobre a falta de emprego e trama – ela se inclina e ouve: trama, ela gosta de repetir entre uma risada e outra – trama se não quiser cair na lama. Passo pelo salão de cabelos, longe de mim a máquina zero: venho pelas luvas de Tia Edite.

9

Estou com o controle remoto nas mãos, isso me oferece condições para dizer que ninguém morre por ser alvo. Posso colar os helicópteros no papel pega-moscas ou tirar o assento do tirano. Morte ao número um da miséria. Cercado pelo medo, ele tem medo: atira, manda atirar, não se mata. Está morto, no entanto, para os dias que virão. Além do sol, pus uma canção na cabeça. Não estou aqui para me verem paralelo ao asfalto, com as mãos cravadas de ódio. Não. Vejo, ouço, penso – atravesso as galerias do bairro como quem vai sábado ao baile.

Algum de vocês tem noção do que é um fio de sangue se expandindo e pressionando as veias? Vai explodir, não vai. Vai. As caixas trepidam: não é pelo som estridente que faz delas um martelo. Trepida o piso, o teto desmorona. O céu vem abaixo, as cabeças por cima de tudo. O sangue pensa nas veias, elas se contorcem e se distorcem. O fio avermelha e, por fim, se afina recuperando a velocidade. O coração se equilibra, com ele o corpo inteiro vive. O que deveria explodir, no final das contas, era o mundo. O corpo intacto é uma esperança.

Estive em outros lugares para entender o que é uma ideia fora de lugar. Se isso acontece, é preciso mudar a ideia ou o lugar até que o osso soe em alto e bom som. A cada vez que tentam fazer minha cabeça de alvo, eu grito eu grito eu grito. Não importa que não me escutem, a gente que sabe me ouvir se junta comigo. Estamos em coro, cruzando o sinal. Estou à frente, atrás e no meio: depois de amar a Senhorita Mar de Ilusões, tenho o corpo aberto. Fechado aos inimigos. Ela entrou pelos meus poros. Tirou de mim o partido das coisas, meus livros, meus selos. E continua aqui, cotovelos fincados nas minhas espáduas, pronta a se levantar – pronto a me levantar.

Ela desce pelo meu tórax, o alarme de algum nicho aflora: quem me toca? Quem se toca com alegria sob o arco-íris? O ar está quente. A Senhorita Mar de Ilusões escreve cartas que nada dizem sobre a sua vida. "Continua de pé", ela me diz. "Teu sonho é tocar minha pélvis. Mas eu me fui, há muito, e nem percebestes", ela sentencia. Sinto um frio na espinha, mas continuo lúcido, olhando as palavras que ela escreve. São cartas de amor azul: eu leio e não compreendo. Ela me filma, eu me prendo no seu quasar. Para que nada se perca, ela escreve: *depois do amor, o que vem depois?* Olho nos seus olhos e continuamos. Alguém bate a porta do carro e continua. A selva continua, os antúrios nas varandas continuam. O que vai em nós, dentro da tarde, continua. "Isso não é pouco", ela me adverte, considerando que a morte vive à espreita.

Estive em cidades que nos incitam a fazer anotações de viagem. Alheias à nossa vontade, elas contam histórias que não vivemos. Mas alguém, assaltado pela ânsia, acreditará no que fomos nesse outro lugar. Ponha os olhos no mapa e veja: eles estão lá, há séculos, ausentes. E nós enleados às suas palavras abissais. Menos turistas e mais íngremes, responsáveis pelas guerras que travamos. Diante dessas cidades humanas, somos desarmados e devolvidos ao deserto. Mas agora – enquanto uma sirene quebra na esquina – estou aqui, neste lugar sem nome – síntese dos subúrbios incendiados.

Não, não serei mal compreendido. Vou provocar o nervo que me atormenta. Não saltarei da ponte. A expressão "queimar navios" me aterroriza: quando isso acontecia, é provável que estivéssemos lá dentro. Por isso, ardo, porém não queimo objetos de apoio nem braços de amparo. Com algumas palavras os ignorantes destroem um livro, imagine o que não tentam fazer conosco, filhos de Hélio: iridescentes. Sobrevivi até os quarenta anos e me pedem calma. Não: o pino da bomba foi tirado e não há como recolocá-lo. No próximo minuto, tudo o que for vivo será uma explosão. Outras pontes terão de ser erguidas, depois.

Tudo passa depressa demais e, ao mesmo tempo, índigo demais, quase oceano. É preciso desacelerar e acelerar para não ir ao fundo. Estou em pausa, em paz? – impossível. Olho para o cão que passa gris, aos saltos. A fila à porta da casa de jogos não anda. O sol arde, são dez horas da manhã e nenhum de nós tirou a sorte grande. Um táxi passa com toalhas presas às janelas. À minha frente duas senhoras reclamam dos parentes: "Não pagam se lhes fazemos as unhas, mas querem ir lindos à festa". Eu me seguro e penso nas armas que alteram o ritmo da festa por aqui: de quem é a mão que atira? E o corpo cercado – tinha filhos? Era intenso? Quem ia à sua ilha dos amores? As senhoras estão pasmas; é possível haver calma nessa faixa de guerra?

Outro táxi freia rasgando o meio-fio. Alguém desce, a temperatura sobe: o sol esparge ainda mais o que escondemos. Estamos úmidos, nus. Há quanto tempo não adianto um passo na fila? Será o fim da sorte?

Uma *blazer* da Saúde Pública cruza o bairro. Se não é raro um comboio nessas ruas, difícil é saber de que lado estão os seus ocupantes. Parecem dardos fincando ponta no alvo. Traçam um rumo, avançam. Tiram da frente qualquer objeto. Se humano, atiram às vezes.

Por trás das cortinas, tudo se vê, ninguém se arrisca a contar os carros. O sol escurece sob os motores: esse é o bairro da minha infância? Dizia o Silas que o monturo fugiria ao nosso controle. Talvez intuísse, sob a calota de resíduos, outras ondas se formando. Eu pensava na bomba, eu e minhas ideias que não funcionam.

Os trens não demoram na estação. Na superfície oleosa do rio, o azul azeda. Os carros de sevícia se tornaram públicos, nestes tempos. A *blazer* da Saúde Pública atende aos chamados. No vidro de trás afixaram um aviso: *O perigo aumentou*. Os doentes vão cair como os dentes, se ninguém fizer a sua parte. O carro não tem som, mas regela o bairro com a sua ameaça. Ou será apenas um aviso? *O perigo aumentou*. O vírus derradeiro não chegará de uma única vez. Decidiu-se que sua eficácia será maior se as vítimas rolarem como dançarinos na madrugada.

O som do aviso não vem do carro, há muito se instalou nas cabeças. Elas batem umas contra as outras percutindo o que não compreendem. Duras cabeças, alguns decibéis abaixo de suas consciências.

Eu só consigo pensar no final da conversa entre as senhoras da casa de jogos: "Eu disse para ela, peço saúde a deus, porque se ele me der força, eu mato o seu pai". Nunca estive perto de deus, não que preferisse assim. Mas a sanha de alguns, plenos e sem piedade, me fez dizer não. Do meu quintal cuido eu. Cada um cuida do seu, apertado ou largo, no meio ou no fim do corpo.

O perigo aumentou, insiste a Saúde Pública. Talvez não saibam o que isso significa. Eu sei, me ensinaram de berço. Tenho insistido publicamente em estar vivo. A salvo no *front*.

Já não chama atenção essa mistura de saúde e ameaça, mal se distingue quem cura, quem mata. A *blazer* faz à noite o que não pode fazer durante o dia. Não se conhece quem vai dentro, guiando as intenções que habilitam o carro. A *blazer* parece, às vezes, a versão terrestre dos besouros: mas como afirmar, se à luz do sol ela é a sombra esperada pelos doentes? *O perigo aumentou* – compreende-se quando ver não é suficiente prova de que os olhos funcionam bem.

10

Nem tudo está perdido: outro carro corta o desalento. Uma consulente interroga seus clientes. Ela tudo sabe, nada responde. O céu está morto. Por aqui, onde nada se resolve, uma hélice gira. Por dentro, o sol remete a si mesmo: arde menos – há uma razão em meio à febre, penso. Nasci com ela, daí minha cabeça à frente. O carro sem as calotas acelera uma lição de embate: *Os piores mortos estão vivos*.

No passado, tia Edite tirava uma carta ao acaso e comentava: "Cada um aprenda por si o desespero. Não há nada sob o teto e a mão que aponta o futuro está podre". Nunca soube a quem ela se referia. No entanto, a falta de algo em casa indicava que ela estava certa: alguém apodreceu nosso futuro.

Aprender por si era descobrir a palavra que afronta. "Dam, dam, damarifa", Tia Edite exclamava quando alguém morria. Não importa se hoje a língua de casa não decifra essas palavras. A língua é sempre outra, se outra é a pessoa. O que sabemos? A língua veloz está solta no mercado e muda o centro da cidade – ela demove a língua de quem manda na moeda, mas jamais entenderá quem gira ao som do *logus* "dam, dam, damarifa due", me façam sumir e eu reapareço "dam, dam, damarifa due", tirem meus sapatos e voarei em suas gargantas, "dam, dam, damarifa due a quem a morte observa? a quem?".

– ?

– Você não entendeu? Eu diria que não é dos nossos. Mas há gente nossa que também não entende.

– ...

– É um torpedo. Se encontrar uma barreira antes de você, ele explode. Torça para que isso aconteça.

– ?

– Sei que você não entendeu, mas não se finja de morto. Os mortos aqui são inteligentes. Injustiçados, é verdade. Mas capazes, como poucos, de inventar uma filosofia de vida.

– ?

– Eu sei, você não precisa entender. Não contamos com isso. Sabe o que mais? Quando apontaram o torpedo, você estava na beira da praia, não havia barreira entre você ele.

Um carro fúnebre soletra o semáforo. Foi lúcido, sussurram os decibéis – foi morto, calam os noticiários. Tia Edite demovia as cartas para desgosto de quem esperava ter a vida a prestações. Ninguém volta em três dias, em seis meses, ela dizia. Ninguém que se tornou Alguém tem motivos para voltar – explodiu em flocos que dispensam âncoras.

As ideias querem os corpos e a corrida atrás dos fogos. Incomodar as cartas para saber dos mortos não é digno. Por que não embarcam na mesma estação que eles? Quem viajou jogou a chave fora. Não cobrem Tia Edite, se ela nunca cobrou por essas palavras: ela tiraria de vocês até o último centavo, se quisesse. Bastaria insinuar que a boca do coringa tremera. Se dissesse isso, perderíamos os sentidos, além dos centavos. Perderíamos a amizade. Tia Edite detestava desmaios: alguma coisa se impregnava no tapete, ela dizia, depois não se dissolvia. A casa inteira, ela mesma, pareciam em queda livre. Quem cuidaria do negócio, se ela faltasse? O negócio, entende? Não o que está escrito na placa: TUDO DE VOLTA, EM TRÊS DIAS.

Se a mão que assassina está salva, não pensem que isso é o dado – o jogo é maior. Ela não poderá se esquivar por muito tempo de sua responsabilidade, afinal, se ela puxa o gatilho, algum rastro de pólvora há de lhe queimar os dedos. Quem vê desde o olho da esquina enxerga uma multidão de figuras: um arlequim solar, uma saudade sonora. Ouve o que vê quem se posta na esquina: janela do mundo, ela se abre ao relento. Da esquina se alcançam os mortos censurados pelo nosso medo. Há perigo na esquina, cuidado. Mas que nada, mas que falta de desejo – vivemos melhor com quem cruza seus caminhos com a sorte. Azar de quem não vai à janela e se expõe todo incerteza.

É na ponta quebrada das ruas que o mar se debruça: vejo aqui do bairro, preso ao céu por um anzol. O mar vai à sacada e se derrama sobre os filhos da *magnum*. O mar encrespado, em delírio, igual a mim quando me precipito. Não me considerem arbitrário: nesse mar de arrebentação, nesse espanto de esquina inflamada – nesse momento imaginado sei como extrair as cáries da história.

Outro mundo, vindo a cavalo, trepida e esgana este mundo presente.

O que retarda nossa revolta é a presença de uma tarde dentro da outra. Insistimos em visitá-las, lentamente, como alguém que folheia um livro. Naquela tarde em que nos mataram há outra – com meninos brincando na chuva – onde ressuscitamos. Não sei o que fazer dessa dádiva que é sofrer no bem-estar. Esse tipo de tarde me atormenta porque traz a morte mais profunda. Aquela que não deixa resíduos em nosso corpo, exceto o desligamento de tudo, quando sequer pensávamos na virada das horas.

Às vezes, essa morte se torna transparente e nos permite ver como ela acontece. Vejo ali, no canto, meu Tio que foi macerado pela doença. Morreu e sem o desejo de acender um fósforo descansa na capela, imóvel e perfumado. Vestiram-no com compostura para que levasse consigo a mentira do espelho. É importante para os vivos que o morto não seja entregue à terra pior do que quando foi extraído dela.

Olho para meu Tio e penso na máscara que nos espera – lívida, inadiável. A chuva cai ordenadamente e os meninos, agora adultos, se refugiaram aqui dentro. A capela é pequena e todos se enovelam. Os corpos parentes parecem um só. Recusam o Tio, que já nos abandonou. É uma recusa que vem da impossibilidade de ordenar ao tio "levanta e anda". Perdemos a confiança nessa fábula, falimos em silêncio. Não há razão para repudiar o morto, não foi ele quem recusou esse corpo que ocupa a capela e o bairro inteiro quando se decide a isso. O Tio não escolheu apartar-se de nós. A morte sabe divorciar o selo do selado.

De repente, um ruído de seda no útero de uma das minhas primas afasta nossa atenção do tio. Não é um ruído desesperado. Preferimos ouvir o que se parece à vontade de alguém que não quer vir aqui fora. Estou devaneando de novo? Pode ser, não pode ser outra coisa. É real o que ouvi. Outros escutaram. Procuro neles uma cumplicidade de sangue, no entanto preferem olhar para o morto.

O ar está pesado de flores. Confundo os nomes dos primos. Insistem, desde sempre, que não mudei em nada. Antes eu ouvia isso como um elogio, satisfeito por me distanciar do tempo que esfolava a família. Hoje, ouço esses elogios como um insulto: se não envelheço é porque estou traindo a vida. E, desse modo, sugando uma fração da vida que pertence a outros. Estar vivo é estar na linha do tempo, fiando fino, fiando grosso até não ter mais em quem confiar. Vejo as tias, o meu pai: a linha deles se esgarça e se comunica com o Tio que não sopra mais o seu instrumento. A banda passou por ele – as tias e o meu pai se perguntam por quanto tempo seguirão essa música que cessa, lentamente cessa.

Chove na hora estreita, as flores nauseadas da tarde descaem. Não posso se não perder os parentes que abraço. O Tio morto não se importa se sorrimos. O contraste com a tristeza é um recado para sobrevivermos ao luto. Tudo naufraga, os sonhos trincam. A guerra é total, somente os seios rijos e a respiração sob controle têm valia contra a destruição. O Tio partiu há muito, antes que o misturassem à espessura da terra: me lembro de seus olhos pousando além do meu rosto, durante um abraço. E das meias desesperadamente presas aos seus pés: para ele, a viagem começara no primeiro aniversário. Ninguém, nem os objetos compreendiam sua vontade de partir. Quanto mais o prendiam ao amor da família, mais ele se esgueirava, tocando o trompete fúnebre para si mesmo. Com essa beleza atordoante, o Tio morreu ou viveu? Não sei. Eu também partia quando seus dedos escreviam no ar uma história com outras histórias por dentro – e assim por muito tempo – até não sabermos quem era o Tio, onde a música soava e em que cômodo de nós mesmos havíamos nos escondido.

Por que ele ainda demora nesta capela? Por que insistimos na lágrima tomada por empréstimo de outro incidente?

Ou se termina o velório ou se começa o baile, ninguém aguenta a voz abafada, ninguém suporta o mata leão de deus, ninguém se interessa pela mosca azul. Fora do jardim dos mortos, uma avenida queima no domingo. Queima como as mãos sob o travesseiro. Estamos salvos pelos mortos que se deixam enterrar aos domingos. Sua última gentileza é nos entregar uma semana sem vícios. Depois do sepultamento – amparados, mas sem consolo – saímos para a vida. Ainda que não quiséssemos ir embora, algo nos empurrou, como se dissesse "vocês bateram na porta errada".

No domingo à tarde a Pastelaria CangDong se evola como o Rio Amarelo e nos alimenta, em pratos lilases, com o sabor da melancolia. O ventilador no teto não dispersa o calor, o ar se acumula no copo doce de laranjada. Tudo se perderá, estou certo, como se perdeu o Tio, há pouco, entre soluços e agradecimentos: obrigado por mentir, deus: tudo se esgota violentamente como o automóvel que atropela, em pleno voo, uma pomba urbana. Tudo é áspero, a voz do homem que se distanciou do seu país, o pastel que sabe a desgosto. Tudo é flácido quando apertado pelas mãos de deus. Tratemos nós de curar os vivos, se quisermos suturar a ferida imensa: a solidão indefesa de quem dança diante de quem dançou.

O Tio está em paz. Esteve algum dia, quando vivo?

Da porta da Pastelaria, olho uma jovem que roça a pintura incrustada no muro. Vejo-a entrando, aos poucos, no rio psicodélico de cores e me desespero. É tão sutil a força, se não pensamos que a temos. É tão duradouro esse mergulho de uma jovem na imagem, essa beleza de mim à porta de uma Pastelaria já sem endereço ou pessoas ao meu redor. O mundo é uma esfera de fogo, mesmo imersos no sonho, ardemos. A jovem atravessou, libertou-se de minhas retinas. Estou prestes a morrer de mim. Ninguém está em paz, nem deitado nem de pé. Deliro, não sei, talvez. O cheiro das flores murchas cola-se ao teto alaranjado da Pastelaria. Estou apto, confesso a mim mesmo, sempre estive pronto para ser outro. Sobressalto-me quando a senhora do caixa repete numa língua nova, entre a saudade e a necessidade, que ainda não paguei a minha conta. Ninguém vive em paz nem ontem, nem hoje. Não sob a ardência dos meus sonhos. Não sob a lápide dessa tarde.

11

Você sabe o que é um sonho morto? Ele se esconde como uma lagartixa entre dois vidros de janela. Quanto mais demoramos para retirá-la, mais ela resseca e se parece com um fóssil. Depois de algum tempo, não temos coragem para sugá-la com o aspirador de pó. Somos tomados de amor pela sua mudança, pela forma que assume – não mais ela mesma, menos ainda um dinossauro. Essa miniatura de espanto abre mão de si, entrega-se à nossa imaginação. A lagartixa-dinossauro não existe, mas temos certeza da sua presença todas as vezes que não conseguimos explicação para alguma coisa. Ela nos inferniza ao denunciar que conhecemos algo que não existe.

Mas não era desse sonho morto que eu pretendia falar. Era de outro enovelado e sem uma gota de sangue. Aconteceu numa tarde encolhida sob a chuva. Eu não tinha mais que seis anos. Tudo o que soube foi por ouvir algum adulto sussurrando: "Tem que perdoar, foi por acaso.", "Não, não foi acaso, foi castigo.", "Sim, ela não merecia, ninguém merece isso.".

Havia muitos cães de rua no bairro, chamados pelo nome e cuidados pela vizinhança. Alguns, senhores de si, nos olhavam com desdém. A maioria, no entanto, parecia empenhada em educar nossos desvarios. Quase nunca latiam, varando a escura noite. Um ou outro perseguia os carros. Eram cães guardados: se adoeciam, alguém lhes dava remédios, se desapareciam, alguém se inquietava por eles. Ao vê-los sentíamos vergonha de nossos atos. Não confessávamos, mas, no fundo, cada um de nós sabia não merecer a refinada companhia dos cães.

Rajados.

Lúcidos.

Melancólicos.

Rútilos.

Cinzentos, quase azuis, nossos cães frequentavam os outros bairros. Não raro retornavam feridos. Imaginávamos as lutas em que se metiam com latidos de ofensa e ganidos de sofrimento. Nós também sofríamos cruzando a cidade. Nem sempre gritávamos, mas os arranhados e as humilhações voltavam para casa conosco.

Naquela tarde, um dos cães se envolveu em algo terrível. Desesperador, a ponto de pensarmos em expulsá-los do bairro. Os dias seguintes, no entanto, dispersaram nossos temores. Quem sofreu, sofrera. A exigência da vida recolocou a roda no seu eixo e já ninguém se referia aos cães. Eles continuaram, como sempre, dizendo que nosso mundo seguia uma rota paralela à deles. Talvez não tenha ocorrido nada, talvez o que imaginamos tenha sido maior do que a dor de um fêmur fraturado.

A passagem dos anos me ensinou a esquecer tanto quanto a lembrar. Essas duas partes da balança deveriam ser equilibradas, mas não são. Tantas vezes, de olhos fechados, me lembrei do que deveria esquecer. A angústia é maior quando me recordo, em sã consciência, do cão cinzento correndo em minha memória. Ele era o maior de todos e cresce ainda com o passar dos anos, principalmente quando me encontro numa situação difícil. O cão cinzento é um semeador de horrores, me convenci. Ou será que ele os devora para que eu prossiga mais leve?

Naquela tarde, o bairro estava tomado por nuvens escuras que ameaçavam desabar. Faltava pouco para as quatro. Eu voltava do bar do Marreta, onde comprava pão, leite e mortadela a pedido de minha avó. Eu não voltava direto para casa, porque no caminho sempre havia algum amigo ainda com a roupa da escola: aproveitávamos a ocasião para trocarmos figuras de carro ou motocicleta. Elas eram a nossa fonte do desejo, encarnadas num papel liso, fácil de guardar no fundo de uma caixa de sapatos.

Para um colecionador, nada melhor do que encontrar a peça cobiçada nas mãos de um amigo. O pacto da amizade nos impele a dizer sim, mesmo quando é preciso dizer não. Mas, o que isso importava diante da cobiça sincera? Eu esperava dos meus amigos que abrissem mão de certa figura, caso ela me ajudasse a completar a coleção. Eu não me sentia livre com essa generosidade constrangedora, sabendo que em outra vez eu deveria morder os lábios e entregar alguma de minhas figuras para alguém. As trocas eram rápidas. Para compensar esse confronto, começávamos logo uma brincadeira, depois outra e mais outra.

Naquela tarde, tudo corria pelas próprias pernas. De repente um ar frio cortou a esquina. Ninguém ouviu nada, nenhuma folha se desprendeu das árvores. As pessoas vieram para os portões. Ao chamado obscuro parece que respondemos com prontidão. As janelas por cima do bar se abriram, embora não se visse nenhum rosto por trás das cortinas. Ouviu-se uma voz por dentro das horas. Mas ninguém podia provar que era de vizinho ou parente. Era uma voz por dentro dos minutos, longe de ser um grito.

Hoje, remonto a cena do que talvez não aconteceu: o cão cinzento acossado pelos trovões aparece em desabalada carreira pela rua. Talvez não tenha sido ele a causar o acidente. Logo nos vimos cercados pelos outros cães. Com as orelhas baixas examinavam nossas reações. Nem eram cães rastreadores, mas o certo é que pressentiram um rastro doloroso atravessando a tarde.

Colado nessa fila interminável, imagino que os cães tentavam nos dizer que não somos capazes de entender o que acontece, quando nada acontece. Nesses momentos, órfãos das outras espécies, não sabemos intuir a violência. Não atinamos com o perfume do amor. Nessa condição, deixamos de ser parte do mundo ao redor. Estamos feridos, egoístas sem recuperação.

Sem ter visto nada naquela tarde, me lembro dos minutos que gastei escavando no ar alguma explicação. Era como se eu enfiasse, outra vez, as mãos entre os objetos descartados no monturo. Os fios, placas e componentes desmembrados gemiam, quando tocados. Ou era eu imaginando o corpo de onde tinham se desprendido? Minhas mãos deslizavam entre os pedaços finos, densos, cortantes. Minhas mãos ácidas, os resíduos inflados. Separando os sólidos dos líquidos, vez por outra eu tocava uma possível pele – nem flácida, nem couraça. Era outra cobertura e, dentro do possível, para aquelas formas solitárias, era uma pele. Difícil dizer que bicho estava sob ela. Era amável, antes de ser lançado nesse subterrâneo? Era humano? Íntimo? Entre os detritos, toda forma de perda se convertia em outra vida.

Talvez, por essa experiência, eu tenha me preocupado pouco com o cão cinzento, embora me apavorasse ao perceber que ele revirava nossa consciência. Quando pequenos, sabíamos a notícia que o cão cinzento espargia. Havia um acontecido, nossas retinas é que se distraíam com as nuvens e a chuva anunciada.

12

Por falta de saída, entramos na fila. Tanta vida à espera e resolvemos que permanecer inertes nos ajudava a voltar mais leves para casa. Ao final da fila, algo é retirado de nós: aquilo que se refere ao dinheiro é o de menos. A sensação de que nós somos uma falta é o que incomoda. As novas contas virão no mês seguinte, as atrasadas respiram por aparelhos. Se formos apostar num bilhete, por certo perderemos mais uma vez. A impressão é que nunca seremos sorteados. Para nós restou a função de tentar sempre e de regressar à boca do caixa como se visitássemos um santuário. Não há deus aqui, em nenhuma parte. Quando se está de pé, ciente da derrota, não há como pensar na grande mão que nos ampara. Ela foi amputada e cai sobre nós.

Estou pessimista e tenho motivos. Vocês precisam saber o que é uma fila no fim do mundo. Na melhor das hipóteses é um experimento. A raiva ou a resignação dependem do que houver lá na frente, quando nos deparamos com um rosto exausto e impaciente. Em geral, sacamos e entregamos o melhor de nós. Alguém atrás do vidro espesso recebe nossa oferenda – em dinheiro ou sentimento, pouco importa – e nos despacha sem cerimônias. Voltamos para fora do estabelecimento mais pobres. Mais leves na miséria, porque outra fila, devidamente longa, nos aguarda em outro lugar.

Passar horas a fio puxado para uma única direção não é agradável. Isso rouba nossa humanidade. É isso que me perturba: olho admirado para essa condição de pessoas enfileiradas. Todas têm uma ocupação, um desejo. Uma tragédia e uma alegria. Tudo escondido e exposto. Para passar o tempo, contam entre si seus dissabores. Há uma preferência por aquilo que é tremendo. Angariar amizades na fila depende da capacidade de aumentar as feridas, de torná-las incuráveis. Quem se interessa por um corpo sadio, na praia? É uma injustiça que ele sinta o sal na língua e nós estejamos aqui, torturados pelo próprio suor.

Rimos, aliviados pela dor alheia, por essa mentira que é a solidariedade entre os desamparados. Estamos há mais de uma hora na fila e o tempo, pelo menos na aparência, não nos arrasta. Entramos nele como quem mergulha num rio escuro: não vemos o fundo nem a superfície. A água oleosa confunde nossos membros numa única forma – quase fantasmas, flutuamos. Esse tempo na fila é um rio espesso e agressivo. Para mim, sua nascente foi coberta pelo monturo, onde nada é realmente nada. O calor dissolve os resíduos e do monturo exala um gás sonífero. Não surtamos, mas sentimos a terra balançar. O tempo escorre dentro e fora de nós. Afogados, deixamos à mostra uma fração de esqueleto, algo que alguém tomará, algum dia, por um transístor danificado.

"Vocês estão ouvindo?", alguém pergunta na fila, de repente. Sim, claro que se ouve: o som é vibrante. Como não sentir os pelos eriçarem nos braços? Como não pensar em vingança: os motivos existem: estamos sofridos e indignados. Então, vamos ao som. Ele veio enquanto estávamos preocupados com a duração da fila. Esse é o risco: quando se fica preso ao próprio umbigo não se tem ideia das voltas que o mundo dá. Foi isso o que aconteceu. Não o ouvimos porque só queríamos saber do tempo em que ficamos atados a nós mesmos. O som veio devastando tudo. Sem saber seu nome, afundamos ainda mais, cada um defendendo com unhas e dentes o seu lugar na fila.

O som impiedoso quebra: um martelo sobre nossas cabeças. Quebra como se fosse pela primeira vez.

Está grávido de coisas que conhecemos. E, assim mesmo, é um som estranho. Não tilinta como as baquetas contra o metal. Não se alonga, como a guitarra glissante. Nem cai seco como um estampido. Somos treinados para reconhecer os ruídos mínimos. Por uma questão de defesa: se é algo que se arrasta, intuímos que é preciso surpreendê-lo pelo rabo. Se é algo que se levanta, não há dúvidas, é urgente derrubá-lo com uma rasteira. Se é algo regular, compassado, não há que se fazer de forte: é a sanha inimiga invadindo nosso território. Atentem, pensei, tudo isso são ruídos, há neles mais de nós mesmos do que de qualquer outra criatura. Por isso os reconhecemos.

Porém, o som que nos flagrou na fila teve outro efeito. Compreendem? Não foi um deslocamento do ar que alguém provocou. Não foi algo como um parente, diferente e tão parecido com nós mesmos. Aquele som era nós. Seu balé fendeu o ar, fisicamente belo.

O que nos pegou pelo braço foi uma síncope que nos faz soar. Sem hora para nos acometer, o som-síncope só é ouvido pelos despreparados que perderam tudo e continuam ali, aqui, de pé sobre a própria sombra. Sem altura nem forma, quando chega, ele desvia nossa coluna e nos deixa inteligentes diante das perguntas.

É por isso que não nos deixam responder nas delegacias. Não querem nossa inteligência em cima da mesa, subindo pelos brasões da grande ordem. Eles não demoram a fazer um sinal com o dedo sobre os lábios, indicando: calem-se. Obedecemos, há outro meio? Naquelas circunstâncias, sem testemunhas a favor, com toda a torcida contra? Apertam o dedo sobre os lábios, mais uma vez, sempre: atendemos, de cabeça baixa. Somos obrigados a entender o risco que é estar numa sala, com eles ao telefone, mãos dispostas a disparar mil acusações por minuto.

Eles não sabem, nós, atravessados pela enciclopédia do som, sabemos. Quando a casa cair, ainda teremos um quintal. Teremos um amigo fiel que não pode ser nomeado: percebem? Teremos um calo no calcanhar, lembrança do balé que dançamos sob um som imprevisível. Teremos mais do que a salvação. Talvez esse seja o início de um tempo que compensará os piores dias de nossas vidas. Esse amigo é isso, uníssono som. Dito secamente, antes que uma lista de nomes nos confunda e os afaste de nós. O som é isso: a chave de uma porta que ainda vai existir.

Isso está aqui. Em plena fila, sob um sol escaldante. Isso. Assobio vermelho que atravessa nossos ouvidos. Alimentado por isso, posso dizer à Mã Circe que não importa quantos pacotes de papel ela vai empilhar no carrinho e levar para o depósito. Serão sempre mais e mais pacotes, mas eles não vão saciar a nossa fome. Vão engordar quem puxa o pão da nossa boca.

A história vai começar a mudar quando o depósito for incendiado como fazem com as prefeituras naqueles países. Vê? Acontece muitas vezes naqueles países. Distantes, mas podia ser aqui. Podia ser amanhã, sem ninguém combinar de ser. Talvez já esteja acontecendo, mas quem vê? O que vai na cabeça dos grandes esquemas precisa arder como os feixes de papel. Os esquemas são colocados no gelo para esfriarem, somem de repente dos noticiários. Somem e continuam a matar e ninguém descobre de onde fazem pontaria. Ou é tão óbvio que ninguém quer descobrir?

Não sei se Mã Circe vai sorrir quando o incêndio começar. Interessada em manejar os feixes de papel, ela pensa a propriedade como algo descartável: tem-se algo, agora – logo não se tem nada. Quem continua a ter demais, não se contenta. Acumula e pesa sobre a respiração dos outros.

O fogo talvez comece no miolo, onde se condensam os projetos que os grandes esquemas desprezam. Mã Circe participa dessa fissão. O miolo adensa, pensa. Para sobreviver às pressões de fora, se confunde com os feixes de papel estourando dentro das tiras. As folhas com textos impressos conversam entre si compungidas. Ouço o que dizem como se fossem pessoas se despedindo.

Não, não é possível, eu devaneio. Mas vejo e ouço algo acontecendo entre os feixes que Mã Circe organiza. Não devaneio, insisto. Pode ser que não. Do modo como as pessoas são espremidas nos cubículos não é de espantar que fiquem assim também: enroladas umas sobre as outras, prensadas pelas ideias dos grandes esquemas. Afinal, para eles, todos são iguais: ninguém precisa de fôlego.

Vejo o reflexo de Mã Circe na vitrine da casa lotérica. Só eu a vejo, os outros continuam atentos ao próprio desejo. Não sei se é a mesma Mã Circe no espelho, essa mulher forte com a cabeça acima da linha do horizonte. Não sei se são duas Circes – uma arrumando, outra empurrando o carrinho. Talvez haja uma teia dentro da minha cabeça puxando tudo para o olho do redemoinho. Duvido que devaneio. Mã Circe é outra missa na liturgia. Percebo como ela faz isso: virando os feixes, seus braços são sua defesa contra a guerra de todos os dias. Ela não se perde entre os objetos, move cada um deles como se preparasse uma trincheira. Está defendida de ser apanhada de surpresa. Quem a vê na aparência, diria que é invisível. Que erro. Seu reflexo na vitrine mostra a mão suspensa, o rosto atento como se lesse algo nos rolos de papel em branco.

Mã Circe não é a máquina que os grandes esquemas inventam. Ela se move por si, desde si abre uma janela para arejar o meu pensamento.

Sei a armadilha do espelho, mas não é irreal o que vejo. A imagem de Mã Circe e a minha misturadas no reflexo formam um corpo insone atravessando a cidade. Um corpo à espera. Mã Circe medita em mim e eu através dela. O que nos foi tirado, às vezes não nos interessa mais. "Quem sabe", imagino Mã Circe dizendo, "o mundo morreu, o mundo de papel, viramundo sou eu".

SE ME PROMETESSEM o depósito do *shopping* sem a concorrência de outros para recolher as sobras de papel em tiras resmas completas em preto e branco coloridas maços de cigarros amassados com estilos de fumaça distintos listas trituradas nos escritórios listas de encontros cancelados os nomes dos restaurantes impressos nos *tickets* as notas fiscais negadas aos clientes tudo limpo sem indícios de nenhuma fraude os melhores endereços para os cérebros as igrejas mais altas sem os bispos as missas longas e seus ofícios cada um com infernos terríveis e até bonitos SE ME PROMETESSEM eu diria : agradeço : nome das ideias e dos animais de cristal em suas prateleiras é o meu nome e também do seu bíceps sou o nome da sua insônia e da sua viagem ao bosque mas é tão ralo esse presente que viro a cabeça e outras vidas me recitam : eu agradeço: a vida que há nas sílabas me agita me faz subir ao monte para espalhar as cinzas me revira pelo avesso para aprender outras línguas a vida feita de si mesma me habita – não posso perder tempo porque essa alegria me pensa e eu penso com ela quando dobramos a esquina EU ME PROMETI ao sol para ver o escuro e o que vi é tão largo que recuso as orquídeas de plástico EU ME PROMETI – quem não se promete? – eleger minha sorte e não deixar que me tirem minha própria morte.

É isso. Mã Circe dedo em riste.

Estou ciente de que devanear é um pretexto. Mas não há quem use outros? Pretexto para ficar em casa, para ver um amigo. Pretexto para isso e aquilo. Há sempre um pretexto, cada um achando que o seu é justo. Porque não me ajusto, me permito valer dessa entrega ao delírio que raciocina. É claro, com a medida de quem sabe que não pode vacilar: Mã Circe virá. Ainda não veio como naquela pulsão do espelho. Eu mesmo, e nós, dessa coluna de guerra, também não saímos do limbo.

Estão forçando a fila. É *isso*, a pressão. Conta alguma coisa, eu me digo. Peço a vocês, depressa, me contem algo. É preciso traduzir *isso*, algo está acontecendo e não vemos. Lembram-se do cão cinza na tarde da infância? O que aconteceu enquanto nada sucedia me atormenta. Nesses momentos uma chave é virada e o mundo, como os trens, muda de direção.

A fila agoniza. Estamos vivos, queremos o que nem sabemos.

A pressão vai se fazendo, e enquanto não se traduz em dor, não a sentimos.

São volutas, a pressão na fila.

Ímãs puxando-se.

Assuntos.

Alguém se pergunta até quando isso vai continuar. Ninguém sabe, estamos todos empenhados em não ceder à gravidade. Até quando isso vai durar? Não há resposta, porque a pergunta está errada. Continuamos a pensar no parafuso que se encaixa na carenagem do ônibus. Mas não é disso que se trata. Apesar de ser semelhante ao grito, o que nos envolve agora é outro acontecimento. Não é o parafuso. Não é o ônibus. É algo, *isso*, algo que alarga as janelas do ônibus e desparafusa nosso pensamento. *Isso* é um elã. Veludo elástico. Uma Ismália caindo da lua. Se *isso* chegar em minha casa, não vai ser fácil entrar. A porta é estreita, as coisas lá dentro estão arrumadas. Vou puxar *isso* pelas ideias e lhe pedir que se sente no sofá. Vou buscar um copo de água e aí veremos o que acontece.

Isso é um parente que se libertou das religiões. Isso está nu, raciocina. Não sei o que dizer a seu respeito. Roubaram sua certidão de nascimento, mas o seu parto prova que não abaixou a cabeça para nenhum pai. Está aqui, tem uma beleza imprevista. *Isso* é perturbador porque nos ajuda a compreender o caminho: já temos os dados, vamos pegar os dedos e tocar o piano.

Isso é um flerte, e não deveria ser? Nenhum de nós circula com um crachá pendurado no pescoço. Os donos do depósito de papel gostam desse costume. Mã Circe, no entanto, não se recusou a essa corda? Lembram-se que ela é a fissão do grande esquema? Os donos de depósito, os chefes e seus superiores gostam mais dos crachás do que dos sonhos. Pessoas sonham e se recusam. Quem circula deve ser reconhecido, afirmam eles, por isso os crachás são cínicos e delatam a quem identificam.

Nós, porque não sabemos nada um do outro, fazemos um círculo e colocamos para girar. Não sabemos nada nem de nossa sombra. Tudo o que dizemos é um *talvez, quem sabe*.

Mas nos entendemos, porque há um círculo e ele é veloz. Põe a mão lá dentro, sou tentado a lhe sugerir. Há riscos para quem entra, apaixonar-se pela liberdade, quem sabe? Não se trata de um alerta, na verdade essa é a senha: há um risco em cada esquina. Coloque a senha na cabeça e deixe-a aberta para o sol. Se alguém se corta para dançar no círculo é uma alegria. Um sinal de atrito, dentro do círculo é paz, outro pássaro. Se o corte foi por acidente ou por escolha, o que importa? O que se busca é uma resposta contra as mãos que nunca se põem ao nosso lado.

Isso é o que é.

Isso é um outro grito, porque não se suporta mais o grito atrás das grades que os violentos colaram em nós, como um decalque.

O grito de quem goza é o que usamos.

Vezes sim, vezes sim.

O gosto de si por se descobrir num ônibus, estreitando a cidade que nos recusa. O grito aveludado.

Que nos absorve.

Isso.

O grito em mil decibéis que descobre o diabo, nosso melhor amigo, talvez o único no vão da escada.

Isso é a vida que nos furtam entre um sorriso e o gás lacrimogênio. Tudo é semeadura disso que nos captura, por um momento, na fila.

O sol abaixa a pressão sobre quem está certo dos números certos. Tudo está parado, exceto a fila, que tem a lucidez de uma cabeça em queda livre.

13

"Tudo parado, todo mundo enganado" me dizia Jean-Charles, quando o visitei no Museu, um cômodo construído na laje, que flutuava acima da barbárie. Embora fosse um lugar de paz, sua coluna se mantinha de pé graças aos resíduos da guerra ao redor. Uma luz descia até o cômodo por uma claraboia, o piso encerado deslizava como uma pista de dança. Em meio às chamas do bairro, o Museu era uma árvore. Havia liberdade na ordem dos objetos. Nada que viesse do monturo interessava ao meu amigo: "As pessoas carregam consigo o peso daquele lugar", acentuava. "Aqui é uma casa onde a memória respira e aceita discutir os acontecimentos".

Enquanto ele discorria sobre o espírito do Museu, passeei os olhos lendo a ventura e a desventura dos objetos. Alguns eram sobras da repressão: um tênis ao invés do par, uma carteira sem os documentos, um fone de ouvido divorciado da música. Para Jean-Charles os objetos não eram apenas o resultado da violência sobre os corpos felizes. Eram um sinal da orfandade de quem agredia e de quem saltava o abismo para se salvar.

Apesar da violência, algo se insinuava entre eles. Na ausência de um nome, esse algo pedia para ser mostrado. Exposto sem nome, Jean-Charles se convencera de afixar uma plaqueta sob o algo: eis aqui *isso*, a partícula situada no meio de tudo que já sabemos. A partícula ativa, contrária à dor que se acumula em nós.

"Você percebe", insistia Jean-Charles, enquanto me apontava os objetos, "aqui não é um lugar para frases feitas do tipo: *às vezes somos salvos pelo acaso, não dizer nada é dizer tudo*. Não. Aqui é um lugar para os vivos, mesmo que mortos. Isso é intenso e não cabe nos catálogos dos museus convencionais. Aqui os objetos despedaçados, quase invisíveis, evidenciam que somos uma constelação. Que podemos esticar a alma ao máximo e, perto do limite, soltá-la".

Eu mantinha a cabeça firme, os olhos fixos no meu amigo. Ele irradiava, sem esforço, a confiança de quem não precisa carregar o mundo como uma certeza. "A alma estendida", prosseguia, "flutua livre como jamais imaginaram que pudéssemos ser. Há muito deixamos a idade do sílex e muitos não se deram conta. Seus maxilares ainda racham os ossos, enquanto nós atravessamos o pó das galáxias."

Não sei quando conheci Jean-Charles. Ninguém sabia de onde viera e quais razões o levaram a escolher o sobrado em ruínas para morar. Aos poucos, ele fez alguns reparos. Alargou portas e janelas, acrescentou uma ou outra viga na fachada e no interior do sobrado. Recusou-se a rebocar as paredes, fez uma pintura em cores fortes que ressaltam, mesmo de longe, as perfurações sinistras. Jean-Charles não queria apagar o passado, era evidente. O que se mostrava já não era o resultado físico de uma ação. Já não era o sulco embrutecido pelos disparos de bala traçante. O quadro era outro porque uma ideia o transformara. A parede não era o que lhe fora imposto, mas o que Jean-Charles – e nós também, quem sabe? – tínhamos vontade de expressar.

"Você entende por que não alisei a superfície da parede?" me perguntou certa vez. Não, respondi com inquietação. Afinal, se alguém no bairro fazia reformas era para minimizar as marcas da ruína. Ninguém queria uma casa com setas atravessadas na garganta.

"Você também não me entende, não é?", insistia Jean-Charles decepcionado. "Os donos do esquema dominam a comunicação e pensam que dominam o mundo. Não contentes, se apossam dos remédios e da diversão pensando que controlam a vida. Por fim, se apropriam das armas e dos disparos acreditando que isso é a morte. Estão enganados. Aqueles que não têm saúde nem casa permanecem de pé. Não correm o risco de se tornarem os monstros que tudo podem. Livres, desprezam os donos do esquema por não compreenderem o que é uma casa, a vida, a morte".

Foi por isso que você não rebocou as paredes? Indaguei. "Sim e não", respondeu com desdém. Tudo o que intuí dessa conversa fez minha cabeça girar. O que têm a ver, afinal de contas, os buracos numa parede com os donos do esquema? Tudo e nada, sei que Jean-Charles diria, descontente com minha dificuldade para ver o que há além das aparências.

Sempre que passo diante do Museu, acaricio a superfície áspera. É como tocar num botão que abre o túnel do tempo: vejo a aceleração das partículas, passado e futuro entrelaçados através de uma porta de estrelas. Os objetos nos pegam pelo braço. Sua respiração prova que os mortos, nesse momento, somos nós. Nós seríamos as peças catalogadas no jornal de um museu de etnografia.

O funcionamento do Museu de Jean-Charles não é um delírio. Ele sabe que é isso o que tem de ser feito com as pessoas. É preciso inocular um fio de interesse em cada um e soltar. É isso: cada um é um fio terra. E pode ser mais – como o sobrado – sem se destruir.

Esse era o espírito do Museu, entendem? Não se limitava à mão de Jean-Charles nem à dureza dos objetos. Aos poucos, fui percebendo que o mais importante eram os vazios daquele lugar, onde se poderia plantar uma árvore ou um navio, uma central de computadores ou uma horta. Era possível fazer tudo de novo para além das placas de orientação, que nos olhavam como se perguntassem: “O que vieram fazer aqui? O que esperavam encontrar?”.

O tempo é um martelo que tira a pátina das coisas. Algo resta além da crosta, mas não se deixa ver sem o esforço da nossa inteligência. Muitos olham para uma máscara de latão e acham que continuamos dentro dela. Outros se perguntam se nossos pulsos têm a medida das algemas. Por isso, por não mudarem suas dúvidas, gostam de ver esses objetos nos museus. Para uns e outros o corpo algemado e mascarado é nosso.

É?

Foi.

Miseravelmente ainda é, mas não será para sempre.

Jean-Charles tem razão: o seu Museu é a derrota de certas memórias que nos encarceram. Reunida e soprada nesse Museu, a vida não é uma senha para o esquecimento. No Museu de Jean-Charles o que viveu dança pelas ideias que traz em si.

Sinto isso quando passeio as mãos sobre uma antiga máquina de escrever: as teclas redondas e mudas subitamente trepidam. Sem que eu acione meus dedos, algo se escreve numa batida compassada do metal contra a folha de papel. O que está acontecendo? me pergunto. Antes que me afaste da máquina, Jean-Charles solta uma risada irônica e me indaga: “Por que o susto? O que você esperava de um ser vivo que, por acaso, chamamos de Museu? Se você tocar esse ou aquele vestígio, pelo menos aqui, terá de lidar com as suas vísceras. Tudo é absolutamente fértil por aqui”.

Em outra visita, mal tive tempo para sentar e o meu amigo me confessou: “Eu queria que você viesse. Tenho uma história para você”. Dito isso, me pediu para fechar os olhos e respirar devagar, enquanto outra vida entrava por meus poros. “Você está morrendo”, me disse com ternura, “mas não se preocupe. Outra vida ocupa seu coração. Era preciso esse encontro para você também nascer outra vez”.

Não consegui lhe perguntar o que estava acontecendo. Eu já não era eu, o homem-árvore com a idade definida pelo espelho. Eu já não era o explorador que filtrara o líquido oleoso do monturo para ver, nítida e fosforescente, a cabeça de um transístor.

O que eu lhes disser agora – enquanto a máquina escreve em compasso de desfile – tem a ver comigo, mas não sou eu.

Ou tem a ver com o elo perdido da minha memória.

Ou é, para meu desespero, a confissão de que há em mim um outro que eu não reconheço.

A violência extraiu tanta seiva de mim. Estou seco e ainda me equilibro. É possível haver por aí, numa praça exígua, um caule com um nome afixado e atribuído a mim. Será uma outra árvore, semelhante e diferente de mim. Vou me recolher à sua sombra e chorar até que ela me chame por outro nome. Eu lhe responderei sim e não. Serei o futuro fruto.

Jean-Charles me alertou que pensamos a história como algo que pode dar certo ou errado. “Isso é ser otimista”, me disse. “Entre o logro da fé e a fraude reflexiva há um rio sinuoso. É nele que existimos. Ele nos puxa para dentro, nos obriga a alargar os pulmões. Vai, mergulha. Não há sede maior do que a vontade”, ele me dizia, enquanto eu me perdia de suas palavras.

O Museu me causava um certo mal-estar. Não era fácil olhar para os objetos e não pensar nas histórias que haviam testemunhado. Não há prova maior da violência do que um objeto separado de quem o aprecia. Um tênis apartado dos pés faz mais dolorosa a lembrança dos saltos que não foram dados: até se adivinha quem cortou os passos desse menino, pelo número do tênis, ainda seguia aulas na escola. E aquele outro, número 40, foi de um adulto apanhado de surpresa enquanto descia para o trabalho.

Não quero ficar mais tempo no Museu, mas Jean-Charles me segura pelo braço. Quer me mostrar algo que, segundo ele, me fará sofrer. "Sim, vai ser ruim, mas você aprendeu a ler para essas horas". Não é uma peça de carro, nem uma bolsa com um espelho partido. "De tudo no Museu nada é mais terrível do que esta carta. Ela tem estilo, gana". Estendi os olhos para a letra firme sobre uma folha amarelecida. No seu íntimo, como se quisesse se esconder, uma sombra esmaecida de vermelho. Ao tocar o manuscrito, me fiz outro – movido pela conhecida ideia de acrescentar àquela carta outros capítulos, como fizera com o livro que encontramos no monturo. A carta, no entanto, repeliu minha intenção. O desespero de quem a escrevera não aceitaria outras ideias que não fossem, em tudo, um testemunho.

14

"Tudo que antecedeu o dia do meu exílio começou pelo fim. Anoto o que senti e vi. A gosma depois da passagem de um inseto, seu frêmito. Um cinema de sombras, a luz baça de uma tarde – o amor rendido, o aceno indefeso. Cada gesto grave ou ínfimo moveu a agulha do meu pensamento. Ao recuperá-lo, tenho esperança de juntar forças e soprar sobre o meu país em chamas.

No filme que gira com frequência pela minha cabeça, estou correndo ao lado de outras pessoas. Chegamos a uma praça como se fôssemos um corpo sem fissuras. Logo, uma chuva de balas de borracha nos transformou em pontos dispersos. Fomos agredidos por um dia subitamente anoitecido, as sirenes morriam em nossos ouvidos.

Sob uma nuvem pesada, com o corpo martelado pelas bombas de efeito moral, tratamos de nos salvar uns aos outros. As portas do comércio se fecharam à nossa busca de solidariedade.

Afinal, onde estamos?

As pessoas não deveriam nos proteger? Os alarmes em sua janelas não são contra o medo? Não somos o medo: de quem era a responsabilidade de avisá-las sobre isso? Elas deveriam abrir mão do orgulho diante de nós que nos arriscamos? As pessoas adoeceram, não sabem senão afiar a lâmina que as sacrifica. Vociferam.

De repente, um corpo cai ao meu lado. Antes que eu o ampare, ele se apaga. Sequer tenho tempo de pressionar a ferida em sua fronte. Rapidamente. Não tenho tempo, não temos. Sob os estampidos e a fumaça, quase incinerados vivos, deslizamos pelos corredores, arranhados pelas quinas.

Saltamos.

Caímos.

Empurrados para um cubículo, caímos num piso escorregadio.

A todo momento repetiam (quem?) a mesma pergunta: "Vocês viram alguma coisa? É melhor que pensem no que vão dizer. Alguma coisa, o que vocês viram?". Perguntavam e respondiam por nós. Não, não vimos o que aconteceu, o gás embaçou nossos olhos. Como ver algo com o mundo pesando às suas costas? Não vimos ninguém, insistíamos, contrariando o que nossas retinas tinham registrado. Não, não, repliquei quando me interrogaram com um bastão pressionando meu estômago. Não vi ninguém, sim, eu me dizia intimamente, eu vi a mão por detrás do gatilho e os olhos que me fuzilaram. Ele me fitou, eu o flagrei no instante em que fez um túnel na fronte do jovem com as mãos na cabeça.

Não sei quanto tempo permanecemos no cubículo. Os ossos gelados não prenunciavam boas notícias. Fui acordado várias vezes, se era dia ou noite, impossível dizer. O tempo se torna inimigo quando deixamos de lhe oferecer o sacrifício de nossas reclamações. Eles vinham diretamente a mim. Você viu alguém? Sim, eu me dizia, por dentro. Não. Não. E logo uma explosão nos ouvidos me lançava na escuridão. Eu sabia depois, que tinha desmaiado por causa de um telefone que me aplicaram pelas costas.

Quanto isso vai durar? O cheiro forte no cubículo, os ossos quebrados. Eu só me lembrava dos livros recentes e ainda fora da estante. Eu os comprara num sebo no centro da cidade. Bem cuidados, me pediam atenção. Estariam lá quando eu voltasse? De tanto me implodirem os tímpanos, eu já não percebia os passos, nem os sussurros dos meus companheiros. Na verdade, não me dei conta de que estava isolado há algum tempo. Perdemos tudo quando o ranger das engrenagens se confunde com nossos ruídos íntimos. Presos acima do chão, lançados para fora do tempo, deixamos de existir.

Esta carta se recusa a enumerar as pessoas atingidas por um qualquer disparo. Repito para não esquecer, até o dia em que for um escritor. Escreverei sobre sobre o país que me habita. Para matar o país monstruoso onde pessoas são alvejadas para serem vistas.

O país em mim não chora pelos ouvidos.

Não aleguem que meu argumento é inválido, que é preciso colocar o dedo na ferida. Não há outro modo. A mão de quem feriu está lá dentro, tem que ser retirada. É um caminho dizer: vocês que fizeram o absurdo me deixem ser o absurdo – *lettera* elegante: o apontador de jogos proibidos que fez os números pensarem: a sorte vem para quem não acredita em nada.

Estou cansado demais para ouvir um não. Minha carta tem paisagens mortas, pássaros mortos. Agora mesmo alguém tombou ao sul, na entrada de sua casa, sob a alegação de que foi um acidente. Era uma criança, tinha dez anos, corria atrás de uma pipa solta no ar. O país a matou, tenho que contar mais o quê? Isso é o dado, o que eu me dou?

"O seu país é uma fraude?", me perguntam por onde tenho andado. Se eu respondesse no impulso da tristeza, diria que ele é um deserto de humanidade. Um lugar para se deixar perder. Eu estaria sendo leviano com meus parentes-de-mil-faces.

Se eu entregasse meu sentimento aos violentos de toda a espécie, eu desistiria dizendo que nós mesmos enrolamos a corda em nosso pescoço. Vivo o luto de quem me foi tirado. É vida, ainda que luto.

Estou com um cansaço que me toma desde a medula. Um cansaço que afunila as pessoas entre o ir e o vir, todos os dias, sem a perspectiva de dobrarem a curva para uma direção inesperada.

Vão todos, em linha reta, deixam-se ir. Não quero ir, apenas. Embora cansado, aumento o som das minhas células e um grito severo arranha minha cabeça. Cheguei a essa idade com cicatrizes de mais para não aceitar a moral, os muros do meu tempo. Aumento o volume, a dor filtrada pela música me alegra. Por que penso em metal líquido quando permito que a música me desconcerte?

Não sei quando saí do cubículo. A água batia nos meus joelhos, meus braços estavam atados à grade de uma janela minúscula. Alguém segurou minha mão para assinar um documento, foram dois rabiscos incertos e em seguida me colocaram, com a cabeça coberta, em outro cubículo. O movimento me advertiu que eu estava num carro. Eu demoraria para recuperar a audição. Sem a noção dos lugares, me limitei às ondas do movimento.

Me recusei a gravar os acontecimentos do embarque, exceto a pressão que me fizeram na nuca, como advertência. E logo, outra mão, generosa, sobre meu ombro esquerdo como a dizer "Nada foi em vão".

Quando caímos, não é possível dizer a temperatura do chão que nos atinge, nem se haveria chance para negociar com a mão agressora. Caídos, somos o sinal da derrota, ou não. O avião levantou voo. Vistas do alto, as palmeiras na beira da praia pareciam imóveis.

Meu coração rugia.

15

"Vai começar tudo de novo? Como assim começar tudo de novo?", uma voz irritada contestava uma das atendentes da casa lotérica. Caí abruptamente do meu devaneio. Onde estou, afinal de contas? Onde o Jean-Charles? Aqui não é o Museu. Sinto-me cansado como se tivesse viajado aos solavancos. Respiro fundo. Não sei dizer como funciona, mas sei que muitas pessoas estiveram dentro de mim, apertadas numa sala pequena. Às vezes minha cabeça é uma sala estreita. Quase estoura com essas visitas.

Caí sem equipamentos de proteção. Nunca tenho uma rede para me amparar na queda. Aqui estou: na fila contínuo a sondar os rostos insatisfeitos. Uma das atendentes da casa lotérica veio para a rua e tenta, sem sucesso, acalmar as pessoas. Ouço vagamente suas explicações, algo a respeito da falta de energia elétrica: "Os caixas eletrônicos foram desligados, mas voltaremos logo. Paciência, por favor, aguardem um pouco mais. Estamos fazendo o possível?".

"O possível?", alguém protestou. Muitos protestaram e o ruído me puxou definitivamente para a fila sob o sol escaldante. Senti as pernas derreterem e a cabeça girar: onde estive, ou melhor, quem esteve em mim?

Não havia dúvidas, não deixei a fila por um segundo sequer. Minha prioridade era chegar ao caixa e pagar algumas contas. Não foi o nervosismo das pessoas que me deu essa certeza. Foi a *blazer* da Saúde Pública que rodava o bairro anunciando o paraíso ao contrário: *O perigo aumentou o perigo aumentou* era uma verdade ameaçadora, embora ninguém visse as sarças de fogo devorando nossas casas. Tudo se resumia a essa oração miserável *O perigo aumentou o perigo aumentou* – uma espécie de raiva das autoridades contra a nossa liberdade. Talvez soubessem de algum perigo iminente. Mas, por experiência, digo que não sabiam muita coisa além dos seus gabinetes. Nós, sim, conhecíamos o perigo e não era preciso anunciá-lo.

Abandonei esses pensamentos quando vi a caminhonete da Cirene passar pela blazer, indo em sentido oposto. Um arrepio me subiu pela espinha: a *blazer* não era bem um veículo de saúde pública: sabíamos, há muito, que se convertera num carro de vigilância disfarçado. Olhávamos com desconfiança aquela máquina de íris escura e nos perguntávamos quando mandariam uma ambulância de verdade. Ou quando trocariam os uniformes de guerra pela roupa translúcida da saúde.

Aliás, o que fizeram de nós – essa era uma indagação silenciosa, mesmo nos momentos de alguma festa ou de um aperto de mão na esquina. O que fizeram da nossa saúde? A camionete vermelha da Cirene é um remédio contra os avisos sombrios: ela vem e vai através das vielas. Não ruge, não estala, tudo nela é uma música de movimentos: um desvio aqui, uma descida ali: tudo em linhas curvas com as ferragens na carroceria fazendo coro.

A Cirene guia sua camionete como um raio desalinhando a terra.

Vendo que ela passa do outro lado da rua, esqueço por instantes o sol e a fila: essa espinha amarela no passeio. Sigo a Cirene, o rastro *rouge* da sua máquina. Sei de cor a entrada do ferro-velho de onde ela sai para recolher ou comprar as sucatas. É difícil não conversar com o portão que se arrasta nas roldanas. Não é apenas um portão: é um portal que separa o horror do nosso lado do horror que Cirene reinventa como lírios em seu quintal.

Há outros depósitos no bairro. Uma vez por mês um caminhão com logomarca ilegível recolhe os entulhos. Os depósitos se esvaziam. Logo os seus donos saem à rua devorando o que encontram pela frente. Com olhos agressivos descobrem o metal nas vielas, entre os dedos de quem rasga as paredes com fome. Os mercadores de ferro-velho abrem a boca, fecham as carteiras e mastigam sem piedade as esperanças de um almoço ou de um bilhete de cinema.

O ferro-velho da Cirene não é essa fornalha.

É uma escola, ela diz. De arte, com os labirintos para quem aprecia correr algum risco. Fazendo o que lhe basta para os compromissos, Cirene refaz com lâminas de aço, fios e barras enferrujadas um jardim do Éden: aí, os corpos invisíveis da cidade renascem dentre os destroços. Antes de atravessar para dentro de sua obra, Cirene não se esquece da própria cabeça. É em si, mais do que em outro ponto, que ela se apoia. Os dias indistintos no bairro, entrando e saindo no monturo ou freando a caminhonete no asfalto, são dias de guerra. A paz aqui é uma questão de troca: do silêncio pelo perdão e, às vezes, da cumplicidade pela vida. Cirene sabe de coisas: e quem sabe vive tranquilo?

Estive muitas vezes no Éden. Cirene me mostrou quase tudo o que havia entre os metais entregues à sorte. Ela me ensinou a ouvir os rangidos das chapas planas prensadas umas sobre as outras. E o canto sonolento dos cabos de aço amarrados às colunas de ferro fundido.

Os anos correram. Acompanhei os afazeres de Cirene. Sempre gentil, ela não me dava licença para atravessar o corredor que levava ao fundo do quintal. Eu olhava e apenas entrevia algumas formas cobertas por uma lona escura. Se eu lhe perguntava sobre aquelas formas, Cirene desviava o assunto e me dizia: “Quando você tiver altura para andar de pé no ônibus, eu lhe mostro quem está lá embaixo”. E sorria, sorria muito, limpando o rosto com as costas das mãos. Mulher aguda, a Cirene, a única nesse comércio violento dos metais fundidos e revendidos.

Cresci, ganhei a medalha das rugas. Finalmente Cirene me levou ao corredor e puxou a lona: despiu-se diante de mim toda uma floração dos sentidos, uma tensão de músculos, um abraço orbital: "Você entende por que lhe pedi para esperar? Sou uma mulher com certa idade, meu corpo alucina dentro da caminhonete. Há muito perdeu o hábito de fazer curvas. Mas nunca recusou a vertigem. Você sente de verdade o que está diante dos seus olhos?".

Sim, eu sentia e desejava o que via. Eram muitas eras chamadas à minha presença.

Gnaisse.

Giz.

Formas a escrever: alfabeto sem falantes, como aquele da infância, escondido nos túneis do monturo.

Cirene me disse que esculpia há três décadas as figuras da Família do Homem. E ali estavam todos. Depois de sobreviverem à cobiça dos compradores de metais enferrujados, todos estavam bem. Cirene dobrou, cortou, soldou, coloriu de azul forte e terra esmaecida cada um dos membros da Família: os dois ancestrais, o pai e a mãe, um casal jovem, duas crianças e um totem.

Durante anos soubemos que Cirene fazia milagres com o ferro-velho. Quem passava diante do seu portão, via ao vento a cabeleira de um corpo renascido das sucatas: não era forma humana, nem desumana. Era uma forma que mudava todo o tempo, conforme a luz da tarde ou a pressão do vento. Era a forma com quem conversávamos à noite, vindo da última aula ou do baile, nos finais de semana. Diante dela, ninguém se demorava. Mas era para ela que corríamos, quando alguma *blitz* quebrava as regras e nos quebrava. Dessa gárgula sabíamos todos, mas não da Família do Homem que permanecia secreta nos fundos do terreno.

Não foi fácil para o bairro compreender a mão criadora de Cirene, quando ela resolveu abrir o portão e mostrar sua Família. Não faltou quem lhe oferecesse dinheiro pela sucata, não pela obra. Ela recusou. Não faltou quem a chamasse de insana. Ela se recusou a ouvir. Não faltou quem isso, quem aquilo, tudo resumido num gesto de desprezo à sua pessoa e ao seu trabalho. Cirene não se encolheu. Recusou a chamada insidiosa dos homens da religião. Recusou o dinheiro da religião insidiosa do consumo. Recusou os cardumes e fez crescer do ventre do seu ferro-velho uma Família alta e antiga. Quando a vi, pela primeira vez, me espantei e gritei para Cirene: eles não se parecem em nada comigo, mas eu me reconheço nessa família. Ela sorriu e me fez passear entre os gigantes, cada um com os seus dois metros de altura.

Aquele pai não era o que eu amava, porém ele me suspendia nos braços que lhe faltavam. Tudo nele era distante. Era preciso subir, subir como se fosse para a morte. Dizem isso por aqui, os sobreviventes do monturo. Morrer não é descer. A mãe do homem aumentara os seios e a duração de sua palavra silenciosa. Nela não havia um colo. O metal se negava ao carinho e aquela mãe em forma de ângulo não se movia, apoiada sobre a terra. Seria duro amá-la e eu a amava. Afinal, não era a herança de sangue que eu deveria buscar, mas o filho que daria à luz a sua própria dor.

Olhar para a Família do Homem, dizia Cirene, era olhar para trás vendo o futuro. Quem deseja saber alguma coisa não pode fixar-se num ponto. Precisa girar até se desvencilhar dos pontos. Precisa ser o próprio movimento, se quiser perceber alguma coisa. Eu estava cego diante daquela Família. Cirene me guiava, ela sim de olhos vendados e consciência iluminada. Mais do que nunca, eu via ali a Cirene que vai em sua camionete vermelha estourando sob o sol. Ela absorvia o mundo, eu aprendia o presente contornando os filhos ásperos. E os noivos, o que dizer deles? Tão mudos em sua felicidade ou felizes com a minha mudez?

Eu queria ir por entre a Família como quem corre entre as árvores, esbarrando nos galhos, com medo, mas ciente de chegar ao fim da floresta. Correr era o destino de quem se deparava com a perda de algo importante. Pelo menos, era isso o que os dois ancestrais colocados nos extremos dos pais, dos filhos e dos noivos pareciam dizer. Correr desde um tempo bruto, quando entramos nos navios e desembarcamos numa clara manhã, acorrentados. Depois disso, entre arames e farpas, cortes e sangrias, demos com a face num cartaz do Serviço de Saúde: *O perigo aumentou Voltem para suas casas O perigo aumentou*. "E desde quando não houve perigo?", pergunta a Família do Homem.

Eu queria voar entre as árvores do Éden para sair na outra margem. Porém, não era isso o que Cirene esperava de mim. Ir por entre a floresta, roçando o mistério da Família, tinha uma finalidade maior. O mais intrigante dos membros da Família não era exatamente da Família. Mas era para ele que tudo se dirigia.

A mão árida da mãe, o seio inerte do pai, a infância rubra dos filhos, o amor derruído dos noivos – qual o sentido de todos esses elos? Por que razão os ancestrais pareciam tão jovens? Eles irradiavam uma força impossível de ser comprada nos templos. Estavam de pé, os ancestrais, ao alcance de um abraço. Não era isso o que eu esperava deles. Eles também não se moveram para mim. Ficamos onde parecia ser o lugar do encontro: em silêncio, centrados no vazio da expectativa. Submersos e surdos, como quem pressente a tempestade se armando ao longe.

A Família do Homem fora plantada por Cirene num lugar que lembrava um planeta esquecido. Depois de ver a Família, ela me apontou o totem enterrado numa parte elevada do terreno. Ríspido e estranho aquele irmão, pensei. Não sei o que me levou a vê-lo dessa maneira: estranho e fraterno, ao mesmo tempo. Não houve outro reconhecimento além desse. O que veio a seguir foi uma prefiguração de conflitos, nenhuma paz. Nenhuma condescendência com a minha fraqueza. Era para esse totem sem rosto familiar que convergia minha vontade de correr. Cirene sabia que eu deveria atravessá-lo, se quisesse entrar na floresta de sonhos.

O totem não era nenhum de nós, mas era todos nós. Não tinha traços indicando se era a mãe ou o pai, mas engravidava o ar com o seu cajado. Tudo nele era susto e promessa. "Vai, vai", me empurrava Cirene, "não olhe ao redor". Senti o pulso arder e me lancei. Ágil, áspero. Não sei por quanto tempo fui

o hímen
a rota
íngreme

fui desiludido de deus como se vai por uma viela zapeando as curvas senhor de si e do horror, nas mãos um lenço que amarro no rosto e me disfarço em mim? no esqueleto? em quem? no calibre que dispara? no corpo em disparada atrás ou à frente de quem? vou – o totem irreal ali, com as digitais de minha mãe. não. sim, sei que desci, ou subi? num guindaste:

a fúria acima e abaixo – fúria de quem? a fúria. ela sozinha pousada em mim, me empurrando. seria ela a outra mão de Cirene? o anjo que desterrei na infância?

a infância. sim, somente ela é capaz de extrair algum fruto dos buracos na parede. a infância furiosa é o último reduto da humanidade: os demais foram invadidos e amassados como papel de seda. "vai, vai, vai" eu continuava a ouvir a voz de Cirene. depois de um certo tempo, era uma voz sem nome me chamando cada vez mais para dentro ou para baixo, para cima, quem sabe? para qual direção? é preciso ter alguma: talvez. quem dita as direções está perdido: atira dos helicópteros, atira dos jornais, atira da mesa de jantar, atira sem atirador, sem tino: o alvo nem está lá e continua atirando como se fosse uma civilização: cega.

Não sei quanto tempo durou minha visita à Família do Homem.

Não vi mais Cirene nem senti o terreno desigual sob os meus pés. Se eu flutuara, não sei. Se a minha amiga voltara aos seus afazeres, também não sei. A verdade é que eu parecia cair, cair de novo do ventre materno. Mas não havia mãe, nem movimento de mãe, nem pai, nem irmãos, nem ancestrais: havia uma figura longa à minha frente: por um segundo, ela se ergueu e ficou ainda mais alta. Eu a segui com os olhos e tudo se desenrolou como se eu embarcasse num tobogã sem fim.

Quando voltei à realidade, ouvi o som de um esmeril riscando a dureza do ferro. Não era Cirene, mas um dos seus ajudantes: suas mãos seguravam uma barra de metal e a empurravam em direção à pedra do esmeril. Ao mínimo contato, a barra diminuía sua extensão. Vinha um rugido desse encontro, anúncio de recusa ou contentamento pelo embate entre o metal e a pedra. Tudo o que se perdia nesse contato se transformava numa chuva de faíscas. Para se proteger delas, o operário virava o rosto. Ainda sob os efeitos do totem, mergulhei na chuva vermelha que engravidava o galpão.

16

"Você está variando?"

"Como é que é?", retruquei bruscamente. Acossado por uma voz que me tirou a rede de proteção, caí do ferro-velho da Cirene para o calor da fila na casa lotérica. Outra vez despenco de um lugar para outro, misturando os acontecimentos: essas saídas de mim têm sido frequentes. O que posso dizer senão que sou grato a elas por não morrer de tédio?

Nesse momento, a caminhonete da Cirene dobrou uma esquina cantando os pneus. Sem querer, esbarrei o meu braço na pessoa à minha frente. "Me desculpe, eu estava pensando e me distraí." Ouvi como resposta um comentário insatisfeito: "deu para ver que você estava no mundo da lua". Debaixo de um sol implacável, esperando horas de pé, quem não confundiria a ordem dos planetas? Por saber que a situação era difícil para todos, ameacei um sorriso e me recolhi à sombra de mim mesmo. Eu, o homem-árvore, melhor me protejo se não me desespero.

Este país é uma fila.

De tanto não poder chegar a um lugar desejado, penso, às vezes, que já não queremos chegar.

Queremos outra condição, não mais aquela de correr, mesmo quando estamos parados, como agora, nesta fila.

Acordar e correr.

Saber de um amigo morto
e correr para não ser o próximo.

Correr porque sujaram nosso nome
e a vida é uma dívida.

Correr desastradamente e, quando parar, continuar correndo.

Correr porque um livro tem de ser à flor da pele.

Quem disso isso? Por que aceitamos isso?

Correr, correr.

Sua escola foi saqueada
seu futuro adiado.

Correr porque a polícia invadiu um sonho
e, sem correr, alguém foi baleado.

Correr, correr para falar de outras coisas: há muitas coisas além de correr, além do helicóptero bem equipado.

Muitas coisas não catalogadas.

Isso, como se chama?

Aquilo?

Na língua que não pode ser talhada cresce uma floresta. Em cada folhagem, outra aragem. Muitas coisas esperam que cheguemos, estão nervosas. Esperam o sol que incorporamos. Tem-se perdido tempo impedindo que nossa língua arrepie os pelos da pele do pêssego. O velho mundo sobe na mesa, mas está podre. Seus frutos caíram e apenas o esqueleto ruge. Em nossa língua, isso se chama fim. Ao contrário, o que estamos para falar não tem idade. Os sobreviventes do monturo não apreciam arame farpado em volta do pescoço. Foram às torres do céu, quando crianças. Essa é uma experiência que não se deseja nem ao pior inimigo. Vivemos para as coisas a serem criadas, exaustos do mundo velho e de sua língua de ferro. Contra isso, corremos. Sobre isso, falamos. Não é mais possível viver correndo para tirar o saco plástico da boca.

Sem correr dá tempo de pensar o que há antes da palavra. E é bom, é seguro e digno: tem a altura de um parente, é circular como a língua dentro do amor. Não correr, mas ir, entre lenços e abraços, é um direito. Não estou sonhando. A fila se move lentamente, apesar do calor. Nós que começamos o dia presos por ela, depois de tanto disse me disse, depois de ruídos e ameaças – depois da queda, somos nós que fazemos a fila andar. Já não importa o que há lá na frente. O que passou por nós se dissolveu e o perigo nem aumentou tanto assim. Aumentou, dizem. Sim. Mas não somos também da Família do Homem? Afáveis. Cortantes. Portanto, se cuidem ou cuidem de nós.

A fila era uma pedra no sapato, quando começou: os adultos enviavam as crianças para guardarem um bom lugar. Os velhos, depois, descobriram que ir para a fila podia render boas conversas. Os adultos, então, resolveram que a fila era um negócio sério. Sendo um lugar guardado e de sérias boas conversas, a fila deixou de ferir os sapatos. Mudou, quebrou-se em curvas, engravidou. Retesou os músculos. Agora é um aríete.

Esperamos tanto que nem nos preocupamos em avançar. A fila se move com a gente. Vai por si mesma serpenteando debaixo do sol.

O Silas e o Cola.

Tia Edite

O Tio

Mã Circe

Jean-Charles

O Autor da Carta

Cirene

A Família do Homem – vamos todos, apesar do sol e da *blazer* estacionada na esquina. A caminhonete da Cirene passou por ela, seguimos esse cometa: tão desesperados, cantamos. Vocês estão ouvindo? É possível que não. Não nos ouviram antes. Estavam preocupados demais vendo acontecer o pior ontem, hoje, desde sempre: até quando? Estivemos feridos, desistentes jamais. Em memória do que fizemos, a memória, embora o perigo aumente. Em memória das memórias, faremos o que é possível, noutro mundo possível.

Alguém chegou do monturo. Ao longe não distingo o seu tamanho: parece pequeno como eu, o Silas e o Cola, em outra época. Olhando de perto, parece alguém que cresceu e não veio sozinho. Seu rosto se abre, mas é um estranho. Pouco importa: sou eu, e não está sozinho. É outra pessoa e está muito bem acompanhada. Que importa? Quem é, é. Está vindo, garimpou uma placa com os *chips* ainda intactos. Eu que tanto fiz isso sei reconhecer uma claraboia na pirâmide. O que estava esquecido lá dentro muda o curso das coisas aqui fora. O escuro é aqui, mais do que no subterrâneo.

A placa de *chips* corre de mão em mão, enquanto a fila acelera na calçada. Todos querem vê-la, não entendem sua mensagem. Talvez não haja mensagem, mas todos conversam sobre o calor da placa. Quem estava irado, ri – quem não se aguentava de pé, recusa os milagres. Estamos indo por conta própria – O Silas e o Cola A Tia Edite O Tio A Mã Circe O Jean-Charles O Autor da Carta O Jovem com a Mão na Cabeça A Cirene O Arco-íris Tu e Eu – com essa bomba de linguagem nas mãos.

Desde sempre soubemos que isso aconteceria. Esperávamos a hora. Alheios aos besouros elétricos – que de uns tempos para cá sobrevoam as vielas durante o dia – nos fixamos na barra do mar. Lá embaixo, no calcanhar do bairro. Não se vê o que avança pela areia. É algo que se espalha e cresce, azul e frio. A nós, no alto do bairro, nos cabe ir com o artefato nas mãos, sob o sol escaldante. Já não vemos os avisos. Certos de que não há perigo, vamos inflamados, apoiados uns nos outros – seriam abraços? Quebramos o que nos rodeia e sobre o terreno limpo caminhamos. Ou corremos, sim, corremos, corremos. Não mais dos besouros, nem da história e seus fracassos. Correndo por toda parte, abalroamos a casa lotérica. Não porque quiséssemos, mas acelerados demais incendiamos os cartazes de um prêmio irreal.

Incendiamos a caixa-forte. A casa e as benfeitorias, a velha linguagem trancada nos cofres. Incendiamos para somar um sol a outro sol. Não há dinheiro que pague a fumaça subindo além das lajes. Os olhos não estão assustados com o rubor do céu. Os rostos distendidos, sim, estão distendidos, nenhuma ruga a denunciar que sentimos medo. O céu escurece, colunas caem por terra, a música que se ouve vem das cadeias crepitando.

A caixa-forte abre sua boca. Vemos as letras de câmbio queimando, lá dentro: as pétalas jateadas a ouro: não há dinheiro que pague a notícia sendo feita neste momento: UM RIO EM CHAMAS DESCE PELA ENCOSTA. Não é isso o que dirão lá embaixo, mas é o que está acontecendo aqui em cima. Um rio de lava devora as embaúbas, a folhagem seca acelera o fogo na direção do mar. O mar, que a essa altura avança, arrasta pranchas, barracas de onde nossos vizinhos escaparam, carros e jardins suspensos. A meio do caminho, as formas pressionadas pelo fogo e a água não decifram se é o fim ou o começo do mundo: não seria pelas chamas, não seria pelas águas que tudo desapareceria? Tristes formas bloqueadas entre o alto e o baixo. O fogo e a água avançam para um choque imprevisível. Imprevisível? Adiado talvez, imprevisível não. O decalque da tarde se descola. Incorporados de sol falamos em longas sílabas *dam dam dam damarifa due* não sofremos – e deveríamos? Que luz nos segue senão a dos esqueletos? As águas distanciadas da praia se levantam. Engolem as câmeras de segurança. Descemos para esse encontro – onda após onda – com os equipamentos adaptados à nossa mão.

Notas

Meus agradecimentos a Guilherme Gontijo Flores, primeiro leitor desta narrativa.

A epígrafe foi extraída do romance de Simone Schwarz--Bart: *A ilha da chuva e do vento*. Tradução de Estela dos Santos Abreu. São Paulo: Editora Marco Zero, 1986, p. 157.

O fragmento "dam dam damarifa due" foi extraído do livro *Masks*, de Edward Kamau Brathwaite. Oxford University Press: Oxford, 1968.

A "Família do Homem" refere-se à obra de Barbara Hepworth (1903-1975). Ver: MULLINS, Edwin. "Os mitos familiares de Barbara Hepworth". In: *Arte Hoje*. Rio de Janeiro, ano 1, maio de 1978, p. 42-45.

Direção editorial SIMONE PAULINO
Assistente editorial JOYCE DE ALMEIDA
Projeto gráfico BLOCO GRÁFICO
Assistentes de design NATHALIA NAVARRO, STEPHANIE Y. SHU
Preparação LUISA TIEPPO
Revisão JORGE RIBEIRO

1ª reimpressão, 2022

Texto atualizado segundo o novo Acordo Ortográfico da Língua Portuguesa.

Dados Internacionais de Catalogação na Publicação (CIP)
de acordo com ISBD

P436f

Pereira, Edimilson de Almeida
Front / Edimilson de Almeida Pereira
São Paulo: Editora Nós, 2020
128 pp.

ISBN: 978-65-86135-16-9

1. Literatura brasileira. 2. Romance. I. Título.

2020-3207 CDD 869.89923
CDU 821.134.3(81)-31

Elaborado por Vagner Rodolfo da Silva – CRB-8/9410

Índice para catálogo sistemático:
1. Literatura brasileira: Romance 869.89923
2. Literatura brasileira: Romance 821.134.3(81)-31

Fontes NEUE HAAS GROTESK, SIGNIFIER
Papel POLÉN SOFT 80 g/m²
Impressão SANTA MARTA

FSC
www.fsc.org
MISTO
Papel produzido a partir de fontes responsáveis
FSC® C011188